# 주술회전

떠나가는 여름과 돌아오는 가을

呪術廻戦

1

Gege Akutami
Ballad Kitaguni

SEOUL MEDIA COMICS

특급 주령
마히토
주술고전 1학년
후시구로 메구미
1급 주술사
나나미 켄토
주술고전 보조 감독
이지치 키요타카

'저주'.

쓰라린 고통, 후회, 치욕…. 인간의 부정적인 감정으로부터 생겨난 이 불길한 힘은 사람들을 죽음으로 이끈다.

경이로운 신체능력을 가진 고등학생 이타도리 유지는 자신의 학교에 나타난 주령(呪靈)을 쓰러트리기 위해 강력한 '주물(呪物)'인 양면 스쿠나의 손가락을 삼켜 스쿠나와 육체를 공유하게 된다. 퇴치되리라 생각한 이타도리. 하지만 고죠 덕분에 저주에 대항하는 전문 기관인 '주술고전(呪術高專)'에 들어가 같은 학년인 후시구로, 쿠기사키와 함께 주술을 공부하게 된다.

# 주술회전 呪術廻戦

## 떠나가는 여름과 돌아오는 가을


제1화 휴일 회전(徊詮) 9

제2화 반혼 인형 47

제3화 암중우화 97

제4화 일하는 이지치 씨 135

제5화 수귀환시행(守鬼幻視行) 167

# 제1화 휴일 회전(徊詮)

# 제1화 휴일 회전(徊詮)

현대에서는 찾아보기 힘든 '확실한 것'을 꼽자면, 기껏해야 세 가지 정도다.

*미토코몬이 승리하는 것.

일요일에 사자에 씨가 방영되는 것.

그리고 쿠기사키 노바라가 쇼핑하는 시간이 길어지는 것.

그래서 후시구로는 쿠기사키가 '**아메요코를 구경하고 싶어'라는 말을 꺼낸 시점에서 이미 장기전을 각오했다. 그건 고죠가 일요일 아침에 갑자기 '메구미, ***파르케 에스파냐에 갈까?'란 말을 했을 때와 동등한 일이었기 때문이다.

예상 밖이었던 건, 이타도리가 내켜 하지 않았다는 것이다.

TV 중독자인 이타도리라면, 유명 장소인 아메요코에 관심을 보일 거라고 생각했는데 말이다.

"난 따로 가보고 싶은 곳이 있어."

"아, 그래? 그럼 나중에 합류하자."

이러한 흐름으로, 산뜻하게 개별 행동을 하게 되었다.

이타도리와 쿠기사키의 사이에 끼여서 평소와 같은 떠들썩한

*미토코몬: 일본 에도시대의 관리. 전국을 떠돌며 악을 벌하고 백성을 구제한 것으로 유명함. TV 드라마가 1969년부터 2011년까지 장기 방영되었다.

**아메요코: 아메야요코쵸. 우에노 공원 근처에 있는 상점가.

***파르케 에스파냐: 미에 현에 있는 에스파냐를 주제로 한 테마파크.

분위기에 휘말리는 걸 당연한 것으로 받아들이기 시작한 후시구로로선 실은 톳에 철분이 적다는 사실과 비슷할 정도로는 뜻밖이었다.

물론 후시구로도 마침 잘됐다며, 혼자 시간을 보내야겠다고 생각했다.

어서 집으로 돌아가 저번에 산 문고판 책을 이어서 읽고 싶었고, 책상 서랍과 옷장 정리도 하고 싶었다.

그러나 후시구로는 기본적으로 성실한 성격이다.

스쿠나의 그릇인 이타도리를 혼자 둬도 괜찮을까 하는 불안감이 자꾸만 머리를 스쳤다.

우에노, 오카치마치 주변은 활기와 역사가 공존하는 지역이다.

2차 세계대전 후에 암시장 거리에서 시작해, 현대로 이어지는 부흥 과정에는 묘한 괴담도 횡행하고 있어서 불발탄처럼 저주가 잠복하고 있을 가능성도 있다.

심지어 조금만 눈을 떼면 엄청나게 촌스러운 선글라스를 사 오고 타치카와를 가리켜 '실질적인 신주쿠'라고 하는 이타도리이다. 까딱 잘못해 치요다 구까지 갔다가는 괜찮은 장소라면서 *마사카도즈카에서 인스타에 올릴 사진을 찍고 있어도 이상하지 않다.

그런 이유로 후시구로는 이타도리 쪽에 동행하기로 했지

*마사카도즈카: 오피스가 한복판에 있는 사당으로, 일본의 3대 원령 중 하나인 타이라노 마사카도의 잘린 목을 모시고 있음.

만…… 솔직히 말해서 후회하고 있다.

"그나저나 후시구로. *아키바에 관심이 없으면, 왜 따라온 거야?"

"시끄러워, 신경 쓰지 마."

"그래? 난 한번은 아키바에 와보고 싶었거든."

"사고 싶은 거라도 있어? 아마 만화랑 게임이랑 가전제품밖에 없을걸?"

"응? 그냥 관광하려고 하는데. 시부야나 신주쿠로 가도 상관없지만, TV를 보면 아키바는 뭔가 이세계란 느낌이 강하달까. 살짝 테마파크 같은 분위기가 있잖아."

"그런가?"

도쿄에서 살면 와닿지 않을지도 모르지만 실제로 아키하바라는 특이한 거리다.

역 앞은 특히나 분위기가 더 독특하다. 애니메이션 문화로 도배돼 있는 건 말할 필요도 없을뿐더러, 어쨌든 광고의 정보량이 어마어마하다.

비좁게 들어차, 사방에서 미소를 던지고 있는 게임 캐릭터 간판을 생각하면 확실히 거리 전체에서 테마파크 같은 인상이 느껴지지 않는 건 아니다.

다른 예로, 밀도 높은 인파 속에 드문드문 섞여 있는 코스튬

*아키바: 아키하바라.

플레이어도 그렇다. 손님을 모으기 위해 광고지를 나눠주기에 여념이 없는 메이드들. 그리고 도로에서 희귀한 외제 차를 목격했다 싶으면, 다음엔 어째서인지 거대 로봇의 대형 모형을 실은 트럭이 지나가기도 한다.

그런 거리에서 이타도리가 호기심을 억누를 수 있을까? 불가능하다.

"어떡해, 후시구로. 게임 센터가 편의점만큼 있어."

"아키바니까."

"어떡해, 후시구로. 메이드가 날 자꾸 잡아."

"아키바니까."

"어떡해~! 후시구로! 저거, 야한 게임인가? 저건 야한 게임 광고판 아냐? 으아아! 저래도 되나? 저렇게 대대적으로……. 어떡하지? 난 미성년자인데, 혼나는 거 아냐?"

"시끄럽네, 정말!"

기본적으로 소란스러운 거리지만 후시구로가 느끼기엔 이타도리가 그 세 배 정도는 소란스러웠다.

쿠기사키와 약속한 시각까진 아직 몇 시간이나 남았다.

그때까지 엄청난 호기심 boy로 진화한 이타도리와 아키바에서 단둘이 시간을 보내야 한다고 생각하자 후시구로는 머리가 아파 왔다. 그런 후시구로의 마음은 꿈에도 모른 채, 이타도리는 그저 태평했다.

“네가 같이 와줘서 다행이야. 이 주변은 뭔가 복잡해서 길을 잃을 것 같거든.”

“신주쿠보단 낫지 않나?”

“그런 도쿄 주민의 감각을 자연스럽게 밀어붙이지 마. 자판기마다 전자 머니를 쓸 수 있고, 가게마다 페퍼 군이 서 있는 레벨의 번화가는 도쿄에 밖에 없거든?”

“아니, *페퍼 군이 그렇게 흔하게 서 있지는 않아.”

“센다이에선 ‘인공 온천 토포스’ 정도에서 밖에 보지 못했단 말이야.”

“지방의 로컬 상점 이름을 당연하다는 듯이 꺼내지 마. 그게 뭐 하는 곳인데?”

“스파랜드야.”

“스파랜드에 페퍼 군이 서 있는 쪽의 문명 레벨이 더 엄청나지 않아?”

“자, 자, 자. 어쨌든 혼자 있는 것보다 지리를 아는 사람이 있는 편이 든든한 건 맞잖아? 난 지하철 같은 것도 아직 잘 모르겠고 말이야.”

“야마노테선 범위 내에서 길을 잃는 사람이 어딨어?”

“아~. 또 나왔네. 도쿄 주민 감각. 자연스럽게 나왔어.”

---

*페퍼 군: 소프트 뱅크가 발표한 휴머노이드.

"실제로 이젠 그렇게까지 헤매지 않잖아. 매일 같이, 이곳저곳 돌아다니고 있으니까."

"아, 후시구로. 케밥 먹자, 케밥."

"대화를 해."

이타도리의 대화가 고죠와 대화할 때랑 비슷한 느낌이란 건 후시구로도 은연중에 느끼고 있었지만, 새삼스럽게 단둘이 이야기해보니 확실하게 실감이 든다.

물론 이타도리는 기껏해야 대화의 캐치볼이 피구가 되는 수준이다. 고죠의 경우에는 혼자만 치는 골프, 혹은 배팅센터 레벨이다.

그러고 보니, 오늘은 기숙사에서도 학교에서도 고죠를 보지 못했다. 휴일에 고죠가 어딜 가든 딱히 상관없지만 새삼 비밀이 많은 사람이라는 생각이 들었다.

그런 생각을 하며, 후시구로는 이타도리의 말을 흘려듣기 모드에 들어갔다.

어차피 거리를 오가는 왁자지껄한 소음과 주파수도 거의 비슷하니, 의식만 오프해 두면 배경음으로 처리 가능하다.

일일이 반응하는 것도 피곤하다. 후시구로가 뇌를 에너지 절약 모드로 전환한다고 해서, 누가 탓할 수 있겠는가.

그러나 결과를 놓고 봤을 때, 그것은 후시구로의 피로를 더욱

가속하는 행위였다고 하겠다.

"……어?"

정신을 차리고 보니, 이타도리가 사라져 있었다.

황급히 고개를 돌린 후시구로의 시야에 게임 센터 안으로 사라지는 붉은 기가 도는 머리카락이 아슬아슬하게 들어왔다.

"뭐 하는 거냐, 너."

"게임. 아, 혹시 무슨 게임인지 묻는 거야?"

"아니거든? 이 특급 바보."

세로로 길고 좁은 구조의 게임 센터를 4층까지 올라간 뒤에야, 후시구로는 간신히 이타도리를 발견했다.

격투 게임 코너에서 안쪽으로 더 들어간 곳. 게임에 영혼을 바친 것으로 보이는 분들이 모여 있는 구역과 떨어져, 게임 한 판에 50엔부터인 레트로 게임기가 늘어서 있는 곳에 이타도리가 있었다.

그것도 여기 있는 게임 중, 유난히 재미없어 보이는 게임기 앞에 앉아서 말이다.

이타도리는 입을 비죽이며 후시구로에게 사정을 설명했다.

"그게 뭐랄까, 목적도 없이 길거리를 어슬렁거리기만 하면서 몇 시간이나 때우는 건 살짝 현실적이지 않잖아. 게임 센터야 널렸으니까 마침 잘됐다 싶었지."

"다른 곳으로 갈 거면, 최소한 말은 하고 가."

"했는데."

"…………."

건성으로 흘려듣고 있었던 만큼, 조금 멋쩍어진 후시구로는 화제를 전환했다.

"그보다, 이건 뭐 하는 게임이야?"

"딱 봐면 알잖아. '격투 기업 전사 비즈니스 파이터'."

"'격투 기업 전사 비즈니스 파이터'? 딱 봐도 모르겠는데."

"뭐, 나도 처음 보는 거라서 잘 모르지만 말이야."

이타도리가 고른 게임은 기적적일 만큼 재미없어 보였다.

보아하니 격투 게임 같은데, 캐릭터 대부분이 회사원처럼 생긴 아저씨들인 데다가 모두가 정장을 갖춰 입고 있어서 구분하기도 어려웠다.

아무리 50엔이라지만 이 게임에 돈을 사용한 이타도리의 결단력에는 감탄스러운 부분이 있다. 이러니까 스쿠나의 손가락도 꿀꺽 삼켜버리지. 후시구로는 살짝 불량한 생각을 했다.

그런 후시구로는 무시하고, 이타도리는 지극히 태평했다.

아니, 그보다는 아무래도 대전 상대를 찾고 있는 듯했다.
"반대로 묻겠는데, 넌 안 할 거야? 이거, 대전 게임인데."
"이 게임에 돈을 내고 싶지 않아."
후시구로가 진심으로 싫다는 듯이 미간을 찌푸렸다.
하지만 대전 격투 게임은 누군가와 싸워야 의미가 있는 법.
하물며 안 그래도 재미없는 게임을 혼자 하는 건 너무나도 허무하다. 아무리 의욕이 없더라도 이타도리는 후시구로가 해주기를 바랐다.
"뭐야, 도망치는 거야? 그보다, 후시구로. 혹시 게임 못해? 나한테 이길 자신이 없는 건가?"
"자신이 아니라, 의욕이 없어."
"지금 도망치면 부전패야, 부전패! 그래도 괜찮아?"
"마음 대로 해."
"아니, 정말로 부탁할게! 저기, 내가 네 몫까지 낼 테니까! 응?"
"진심이냐. …………나 참."
급기야는 돈까지 대신 내려고 하는 이타도리의 그 근성에 꺾였다. 그보다는 그렇게까지 하는 이타도리를 보고 싶지 않아서 후시구로는 결국 자신의 돈을 내고 맞은편 자리에 앉았다.
어쨌든 격투 게임은 역시 혼자 하는 것보다 둘이서 하는 것이 재밌기 마련이다.

이타도리는 자신의 부탁을 들어준 후시구로에게 진심으로 고마워하며, 신나게 캐릭터를 골랐다.

"난 '야마다 사장'으로 할래."

"……그럼, 난 '오오사키 계장'."

"뭐야, 그게. 그냥 기본 캐릭터잖아. 하긴 조작이 쉬운 편이기도 하니, 초심자인 너한테는 나쁘지 않겠다."

"너, 아까 처음 보는 게임이라고 하지 않았어?"

"실은 네가 오기 전에, 아케이드 모드로 세 번째 스테이지까지 갔거든."

"약하네."

어쨌든 그렇게, 두 사람의 게임이 시작됐다.

"받아라! 15분을 들여서 만들어낸 필살 전법!"

"수련 기간이 엄청 짧네."

전투 개시와 동시에 간단한 조작으로 실행되는 '명함 수리검' 연타로 공격해오는 이타도리.

일정한 간격으로 날아오는 야마다 사장의 수리검을 후시구로가 조종하는 오오사키 계장이 점프로 피하며 접근, 눈 깜짝할 사이에 달려들어 강한 킥을 날린다 싶더니만 던지기 기술로 화면 구석에 몰아넣었다. 그리고 야마다 사장을 먼지 나게 두들

겨 패기 시작했다.

"앗, 잠깐. 잠깐만, 후시구로. 이건 얍삽하지 않아? 좀 얍삽한 것 같은데?!"

"…………."

약 펀치, 약 펀치, 중 킥, 중 킥. 그리고 결정타로 지금까지 공격하며 쌓인 야근 게이지를 사용한 초필살기 '야근 격노권'으로 피니시.

화려하게 승리를 결정지었다.

"말도 안 돼!! ……엇. 후시구로, 기술 같은 건 어떻게 쓴 거야? 이 게임, 잘해?"

"화면 위에 동작 조작표가 붙어 있잖아."

"커닝을 한 거였냐!"

"너, 사실은 게임, 못하지?"

"아냐. 나도 조작법만 알았으면, 안 졌어. 한 판 더! 한 판 더 하자!"

"뭐야. 이 녀석, 동전을 연속으로 넣어버렸어……."

한 시간 정도 잔뜩 대전한 이타도리는 결국 후시구로의 승점을 따라잡지 못했다.

1층에 있는 크레인 게임기 코너까지 내려와 자판기에서 콜라를 산 두 사람은 왠지 모를 허무함에 휩싸여 있었다.

열기가 식은 뒤, 반동처럼 찾아온 탈력감이 얼굴에 그대로 배어 나왔다.

"아~. 내가 왜 그런 게임에 천 엔이나 썼지……?"

후시구로는 축 늘어진 이타도리에게 진심으로 바보를 보는 눈길을 보냈다.

"대충 만족했으면 그만 나가자. 게임 센터는 시간을 때울 수 있지만 돈도 잡아먹는다고."

"맞는 말이야……. 앗!"

"왜 그래? 또 쓰레기 같은 게임을 발견해도 이번엔 같이 어울려주지 않을 거야."

"아니, 그런 게 아냐. 후시구로, 저기 좀 봐, 저기!"

후시구로는 마지못해 이타도리가 가리키는 방향으로 가늘게 뜬 시선을 돌렸다.

그리고 깜짝 놀라, 눈이 휘둥그레졌다.

"……고죠 선생님?"

"맞지? 저 사람."

두 사람의 시선 끝에 있는 건 틀림없는 고죠 사토루, 그 사람이었다.

그 이전에, 온통 새카만 옷에 눈 가리개까지 하고 어두컴컴한 게임 센터를 돌아다닐 만한 사람이 고죠 말고 또 있을 거라는 생각이 들지 않는다.

"엇……. 잠깐, 후시구로, 고죠 선생님이 뭐 하는 거지?"

"크레인 게임을 하고 있는 거 아냐? 과자 뽑기."

"어째서? 보통 과자가 먹고 싶다고, 혼자 게임 센터에 와서 크레인 게임을 하나?"

"나한테 묻지 마. 몰라."

"아, 심지어 포기했다!"

"빨라!"

고죠는 살짝 불만스럽게 입을 비죽이더니 흐느적거리는 걸음걸이로 게임 센터의 출구로 향했다.

잘 이해되지 않는 행동이었지만 본래 알 수가 없는 사람이니까 이런 일도 있겠지. 후시구로는 깊게 생각하는 걸 그만뒀다.

그러나 이타도리는 그러지 않았다.

"좋아, 쫓아가자."

"어째서?"

이타도리가 고죠를 쫓아 게임 센터를 뛰쳐나가려 하자, 후시구로는 황급히 콜라를 다 마신 다음에 캔을 버리고 뒤를 쫓아갔다.

"그야, 고죠 선생님이 저러고 있다니. 아마 휴일을 즐기는 중일 게 뻔하잖아? 선생님이 휴일이나 남는 시간에 뭘 하며 지내는지 모른다 싶어서 말이야."

"그래서?"

"그럴 땐 미행을 해야지."

"당연하다는 듯이 말하지 마."

"하지만 실제로 궁금하잖아. 의외로 고죠 선생님에 대해 아는 게 별로 없다 싶거든. 물론 싫다면, 혼자 기다리고 있어도 상관없어."

"…………."

어떤 갈등이 있었는지는 둘째치고, 후시구로와 이타도리는 결국 함께 고죠를 미행하기로 했다.

확실히 고죠는 믿음직한 선생님이자, 존경스러운 주술사다.

그러나 한편으로는 경박한 성격과 바쁜 스케줄, 신출귀몰함, 경력, 사상, 행동 범위 등, 학생의 시선에서 볼 때 비밀이 많은 남자였다. 휴일에 태평하게 거리를 돌아다니는 모습은 쉽게 볼 수 있는 것이 아니었다.

즉, 후시구로도 호기심에 지고 말았다는 것이다.

이타도리와 쓰레기 게임으로 승부를 하며 정신적으로 피로해져 있었다고도 할 수 있겠다. 어쨌든 우선 두 사람은 놓친 고죠를 찾기 시작했다.

그리고 고죠는 뜻밖에도 쉽게 발견되었다.

"후시구로. 저 사람, 고죠 선생님 아냐?"

"……그러게."

다음으로 두 사람이 목격한 것은 크레이프를 먹으며 길거리를 돌아다니는 고죠의 모습이었다.

포장지를 보니, 대로에 인접해 있는 꽤 유명한 가게의 크레이프였다.

크림과 티라미수에 마카롱, 초코 스프링클까지 뿌린 초특대 점보 사이즈.

어린이의 꿈을 실현한 듯한 크레이프를 손에 들고, 우물우물 먹으며 걸어가는, 키가 190센티는 되는 듯한 성인의 모습이 그곳에 있었다.

"굉장하다, 후시구로. 저런 거, 하고 싶다고 해서 할 수 있는 건가?"

"일단 하고 싶다는 생각부터 들지 않아."

"뭔가 주술적인 훈련 같은 건 아닐까?"
"저런 걸로 강해질 수 있으면, 고생하지 않지."
일정한 거리를 유지하며, 크레이프를 우물거리는 어른을 미행하는 두 사람.
신비로운 거리 아키하바라에서도 이 광경은 상당히 튀어 보일 것이다.
이윽고 고죠는 크레이프를 전부 먹어 치우고, 상당히 허름한 가게 앞에 멈춰 섰다.
"……진공관 전문점."
이타도리가 간판에 쓰인 이름을 읽자, 후시구로는 의아한 표정을 지었다.
고죠는 잠시 생각에 잠겨 있더니, 너저분한 가게 안으로 발을 옮겼다.
"이번엔 상당히 마니악한 가게에 들어갔네."
의아하다는 후시구로. 한편, 이타도리는 고개를 갸웃거렸다.
"그보다, 진공관이 뭐지? 이름은 들어본 적 있는데."
"전기 부품이야. 옛날 라디오나 오디오 같은 것에 들어가지."
"고죠 선생님이 오디오 마니아였나?"
"아니. 음악은 들을 수만 있으면 YouTube여도 상관없는 타입일걸?"

"아~, 그런 이미지긴 해."

그런 대화를 나누고 있는데, 종이봉투를 든 고죠가 가게를 나왔다. 무언가를 산 듯했다.

"이크, 놓치겠다."

골목 모퉁이를 꺾는 고죠의 뒤를 이타도리가 쫓았고, 후시구로도 그 뒤를 따랐다.

간발의 차이로 고죠의 모습을 놓쳤지만 1분도 지나지 않아서 인파에 섞인 시커멓고 키가 큰 사람을 찾아냈다.

"찾았다, 후시구로. 역시 고죠 선생님은 키가 커서 눈에 띄는구나."

"거의 2미터 가까이 되니까."

"농구를 엄청 잘할 것 같단 말이지."

"농구를 하는 모습은 전혀 상상되지 않지만."

"동감."

두 사람은 견해를 일치시키며 고죠의 뒤를 쫓았다.

아키하바라의 약간 복잡한 길에서 거리를 두고 미행을 하는 건 살짝 중노동이다.

키가 큰 만큼 보폭도 큰 고죠는 걷는 속도도 빨라, 인파 속에서 거리를 두며 쫓아가려고 하다 보니, 자꾸만 놓칠 뻔했다.

고죠는 다음으로 중고 오디오 가게에 들러서 종이 재킷에 들어 있는 아날로그 레코드를 물색하기 시작했다.

"너는 아까 그렇게 말했지만, 고죠 선생님은 역시 의외로 마니아인 거 아냐?"

"아니, 그건 아닐걸?"

"하지만 레코드를 보고 있는데? 그것도 바흐."

"저 사람이 클래식 같은 것에 관심이 있을 것 같아?"

"아니. 얼터너티브 록 같은 걸 들을 것 같아."

"그렇지? 절대로 이상해."

고죠는 한동안 카트 위에 진열된 레코드를 뒤적이더니, 낡은 외화 BGM집의 LP판을 구매해 가게를 뒤로했다.

미행을 이어가며 이타도리와 후시구로는 더더욱 의아해졌다.

실은 자신들이 멋대로 상상하며 이미지를 만들어냈을 뿐, 고죠는 의외로 클래식한 취미가 있는 걸까 하는 의문이 들었지만 곧 '그럴 리 없지~' 하고 마음을 고쳐먹었다.

약간 휘적휘적 걷던 고죠는 이번엔 노란색 간판이 걸린 가게 앞에 멈춰 섰다.

"후시구로, 저건 뭐 하는 가게야?"

"……캡슐 토이. 흔히 말하는 뽑기 전문점이네."

"뭐? 뽑기 전문점? 그런 전문점이 있다고?"

"있으니까 아키바지."

“그런 거야? 아, 선생님이 뽑기를 돌리는데?”

“나도 보여. 학교 선생님이 500엔짜리 캡슐 뽑기를 돌리는 모습은 별로 보고 싶지 않네~. ……저거, 무슨 뽑기지?”

“버섯 키홀더잖아. 진짜처럼 생긴 거.”

“500엔이나 쓸 거면, 슈퍼에서 버섯을 사는 게 낫지 않나?”

“뭘 모르는구나, 후시구로. ……저런 건 완전한 진짜가 아니라서 좋은 거야.”

“평생 알고 싶지 않아.”

“아, 선생님이 캡슐을 열었다. 뭐가 나왔을까?”

“라인업을 생각하면 독버섯이 아닐까? 게다가 엄청 원통해하고 있는 걸 보니 말이야.”

“푸하하하하하하. 그럼 못 먹겠네!!”

“캡슐에서 나온 버섯은 원래 먹을 수 없어.”

떨떠름한 기색으로 키홀더를 주머니에 넣은 고죠는 그 뒤에도 이곳저곳을 기웃거렸다.

컴퓨터 매장에서 마우스를 여러 번 쥐어본다 싶더니, 다음엔 가전제품 가게에서 어깨에 마사지기를 대보기도 했다.

또다시 훌쩍 사라졌다 싶으면 서점에 서서 만화를 읽고 있거나, 흐느적거리며 샛길로 빠졌다 싶으면 세일 딱지가 붙은 카트 안의 중고 게임을 들여다보고 있기도 했다. 관심이 기우는 대로 자유롭게 돌아다니고 있는 듯했다.

"……특별한 목적은 없어 보이네."

"그러게."

후시구로의 혼잣말에 어느 틈엔가 전투력을 측정하는 고글형 장난감을 장착한 이타도리가 대답했다.

"그건 어디서 사 온 거냐?"

"중고 샵에서. 고죠 선생님이 만화를 좀 보는 것 같길래, 좋아하지 않을까 해서."

"네 지갑은 쉽게도 열리는구나."

"남자란 이때다 싶을 때 돈을 쓸 수 있는 생물이라고."

"아까 했던 쓰레기 게임에도 이때다 싶어서 썼던 거냐?"

"아, 고죠 선생님이 건물에 들어가는데? 앗, 아니지. 고죠 선생님의 '기'가 건물에 들어갔어."

"굳이 정정하지 않아도 돼."

"큰일 났다. 놓치겠어. 쫓아가자, 후시구로!"

"아니, 잠깐만."

"크억!"

건물로 들어가려는 이타도리의 파카 후드를 잡아당기며 후시구로가 멈춰섰다. 의외로 위험한 행동이니 따라하면 안 된다.

"날 죽일 셈이야? 왜 그러는데? 여기까지 와서 미행을 그만

두는 것도 어중간하지 않아?"
"너…… 건물 간판 안 봤어?"
"뭐? ……으앗!"
그제야 시선을 위로 올린 이타도리.
팝아트로 그려진 간판의 글씨를 눈으로 읽고 난 뒤, 당혹감이 얼굴에 빠르게 번졌다.
——엔젤 메이드 카페 'SHOW惡☆큐피드'.
그 건물 2층에 자리 잡고 있는 살짝 마니악한 카페였다.
딱히 퇴폐 업소인 건 아니다. 그저 메이드가 접객할 뿐인, 지극히 건전한 카페다.
그렇다고 하지만 일반적으로도 들어가는 것에 상당한 용기가 필요한 부류의 가게다.
사춘기의 청소년이라면 더더욱.
아무리 이타도리라 해도 이건 살짝 창피하다.
"……아무리 그래도, 이건 조금……. 고죠 선생님이라고 해도 너무 의외인데."
"목적은 이거일지도 몰라."
후시구로가 가리킨 것은 벽에 붙은 광고지였다. '본고장 프랑스 직수입! 파티시에도 감탄한 명품 팬케이크!'라고 선전하고 있었다.

아하. 이타도리도 고개를 끄덕였다.

"틀림없이 이게 목적이겠지. 단 걸 얼마나 많이 먹는 거야 싶긴 하지만."

"고죠 선생님은 바쁜 스케줄이 이어지면, 이런 걸 먹는 빈도가 늘어나니까……."

"수수께끼도 풀렸고 미행은 여기까지만 할까? 이런 곳에 들어가는 건 아무래도 창피하고 말이야."

"너치고는 현명한 판단이다."

"——어서 오세요, 주인님들!"

"앗."

"엇."

두 사람의 뒤에서 영업성 멘트란 느낌이 흘러넘치는 활발한 목소리가 들려왔다.

그렇다. 이타도리가 가진 천재적인 운동 신경과 후시구로가 갈고 닦은 저주의 기운을 감지하는 능력조차…… '둘이 같이 왔는데 가게에 들어갈까 말까 망설이는 손님'으로 보일 만도 한 두 사람을 백전노장의 호객 메이드가 수입원으로 삼기 위해 접근해오는 것을 감지해내지 못했던 것이다.

후시구로는 내가 전생에서 뭔가 큰 잘못이라도 저질렀나? 생각했다.

우왕좌왕하는 사이에 후시구로는 이타도리와 함께 메이드 카페에 끌려 들어오고 말았다.

가게로 안내되자마자, '이곳에서 천국을 선사해드리기 위해서'라며 플라스틱과 철사로 만들어진 천사의 고리와 날개를 강제로 장착 당해 외견적으로도 정신적으로도 사망에 이르고 말았다.

한편.

"처음 오시는 주인님께는 여기 있는 고귀 세트 감동감동 A를 추천드려요~."

"음~…… 그렇구나. 하긴, 뭐든 처음일 땐 점원의 추천을 따르는 게 좋지. 그럼, 고귀 둘. 감동 가득가득 담긴 느낌으로."

"알겠습니다. 조금만 기다려 주시겠습니카네이션☆"

"엇. 어느 나라 말인데 이렇게 멋있어요? 독일어인가?"

"영어입니다☆"

"영어구나——!"

등등, 메이드와의 대화에 이미 익숙해지기 시작한 이타도리.

근본적으로 밝다고 해야 하나, 활기찬 기질이 있다고 해야 하

나. 이런 장소에 대한 적응력이 상당했다.

한편, 후시구로처럼 근본적으로 진지한 사람일수록 이런 분위기는 고통스러울 수밖에 없다.

천사의 고리와 날개를 달고 이타도리와 마주 앉아 있는 현실을 직시하는 것만으로도 후시구로는 마음이 점차 죽어가는 것을 느꼈다.

"그래서 말이지, 후시구로. 중요한 문제인데……."

"뭔데."

"선생님의 목적은 역시 팬케이크였던 것 같아."

"…………그래……."

모든 것의 원흉인 고죠로 말하자면, 굳이 옆 빌딩의 건물 벽밖에 보이지 않는 창가 자리에 앉아 우아하게 팬케이크를 먹으며 차를 즐기고 있었다.

마치 그것이 정식 복장이라도 되는 양, 천사 코스튬을 자연스럽게 소화해 하드보일드 소설에 나올 것 같은 자세로 카푸치노를 홀짝이는 모습에선 이 가게에 처음 방문한 이타도리와 후시구로와는 차원이 다른 '편안함'이 느껴졌다.

그와는 달리 후시구로는 초심자란 걸 감안해도 한계였다. 가능하면 1초라도 오래 있고 싶지 않다.

"저기. 고죠 선생님의 목적도 알아냈고, 만족했으면 나가자."

"뭐~? 하지만 주문을 했잖아."

"돈을 내고 나가면 되지."

"주문한 음식을 버리게 되면 미안하니까."

"……그건 그렇지만."

후시구로는 돈을 내서라도 가게에서 나가고 싶었지만, 기본적으로 선량한 품성이라 이런 관점의 지적을 받으면 불평을 할 수가 없어진다.

하지만 동시에 심야에 하수구 바닥을 들여다보는 듯한 눈은 더욱 탁해져 갔다.

후시구로는 다시 의식의 스위치를 끄려 시도했다.

마비는 생명의 안전장치다. 지금 시점에선 어떻게든 마음을 보호하지 않으면 모종의 저주가 발생해도 이상하지 않다.

어색해하면서도 은근히 유원지에 온 기분을 맛보고 있는 이타도리와는 대조적인 상태다.

어쨌든 메이드 카페의 진정한 세례는 이제부터 시작이었다.

"오래 기다리셨습니다~. 고귀 세트 감동감동 A입니다아~."

메뉴명으로는 어떤 음식인지 전혀 예측할 수 없던 고귀 세트의 정체는 오므라이스였다.

접시에는 케첩으로 판다――아마 우연이겠지만 판다 선배와 매우 닮아서 후시구로를 괴롭게 했다――가 그려져 있었다.

접시의 빈 곳에는 '고귀해……! 그리고 괴로워……!'란 대사가 적혀 있었지만 정말로 괴로운 건 후시구로였다.

한편, 이타도리는 완전히 적응해버렸다.

"그럼 손님, 여기에 감동을 추가해주세요~."

"감동 추가는 어떻게 하면 되나요~?"

"손님께서 좋아하는 애니메이션에서 감격하고, 고귀함을 느끼고, 감동했던 장면 하나를 말씀해주세요! 제목을 말하지 않고 감동을 전해주시면 합격이랍니다~."

"앗~. 어떡하지? 상당히 고민되는걸. ……아. 그럼, 히어로를 동경하는 소년이 주인공인 거요."

"저도 그거 봐요, 보고 있어요. 제가 제일 좋아하는 작품이에요~."

"아빠한테 콤플렉스가 있는 캐릭터가 있는데, 그 녀석이 자신이 히어로가 되고 싶어 했다는 걸 떠올리면서 지금까지 쓰지 않았던 '왼손'을 쓰는 장면. 그걸 좋아해요."

"아~ 그 에피소드는 감동적일 수밖에 없죠~. 하지만 장면 선정이 조금 진부한 면도 있으니까, 하나만 더!"

"아, 그럼 이건 다른 애니메이션인데, 닌자 마을에서 따돌림을 당하던 주인공이 성장해 어엿한 닌자가 됐다고 인정을 받아 동료들이 헹가래를 쳐주는 장면이 있는데요~."

"아~ 감동적이죠~."
"유일하게 주인공의 편을 들어주던 선생님이 그걸 보며 눈물을 글썽이는 장면? 그것도 버리기 어렵죠."
"아아아~~. 핀포인트를 정확하게 짚는 작전으로 나오셨네요~~."
"'지금 눈앞에 영웅이 있습니다'군요."
"아, 알아요, 알아요~~~~. 감동이 한가득이네요. 가슴이 울컥했으니까 토핑을 추가해야겠어요."
"아, 그런 시스템이었어요?"
"400엔짜리 단품 메뉴인 감자 튀김 '감동 감자' 추가입니다~."
"푸핫. 엄청 하찮아——! 그보다 탄수화물이 너무 많아!"
"자, 그럼 다 같이. 감동~~~~!"
"감동————!"
접시에 성의라곤 없는 감자 튀김이 추가되었다.
냉동 음식이란 느낌이 풀풀 풍겨왔지만 단품으로 주문하면 400엔이나 내야 하는 듯했다. 즐겁다면야 음식의 원가 같은 건 별로 신경 쓰이지 않겠지만 후시구로는 여러 가지로 너무나도 신경이 쓰였다.
그런데 이번엔 후시구로에게 화살이 돌아왔다.

"이쪽 손님도 함께~!"
"후시구로, 그쪽도 토핑이 있대."
"자, 감동~~~~."
"감동———."
"…………."
후시구로에겐 대답이 없었다. 그러나 이벤트는 이어졌다.
"토핑을 추가했으니 음식과 함께 폴라로이드 사진을 찍어볼까요? 자, 붙으세요, 붙으세요~."
"엇. 이 가게에는 그런 것도 있어요?"
"고귀 세트니까요."
"호오~, 전혀 모르겠지만, 그렇군요!"
"천국 같은 느낌이죠?"
"잘 모르겠는데~. 그런가? 그럴지도?"
"………………."
"그럼, 옆자리에 실례하겠습니다~."
"앗. 너무 가깝지 않나요? 이건 살짝 부끄러운데."
"이런 부끄러움을 경험하면서 어른이 되는 거랍니다~."
"그런 건가요?"
"그런 거예요~. 자, 찰칵☆"
"차, 찰칵!"

"………………………."

"네, 감사합니다～."

"아～, 어떡하지? 이거, 엄청 창피해! 우와. 얼굴이 뜨거워! 뭔가 소중한 걸 지불해버린 느낌이야! 이래도 되나? 그래도 일단은 미성년자인데!"

"꺄아～, 풋풋하고 귀여우시네요～. 그럼, 그쪽 오빠도 해볼까요?"

"포크 댄스 같은 걸 할 때의 거리감이랑 완전히 달라. 후시구로, 조심해라. 정말 부끄러우니까! 이거, 너무너무 부끄러워!"

"자, 찰칵찰칵할 준비를 해주세요～!"

"후시구로, 찰칵이다."

"…………………………저기."

너무나도 가느다란, 죽어가는 오리의 울음소리 같은 목소리가 울렸다.

"…………난………… 됐어……."

아무튼 후시구로는 여러모로 이미 한계였다.

"아～. 생각보다 너무 많이 먹었네. 그치만 맛은 평범했어."

“……감자 튀김 때문에 입 안이 퍽퍽해.”

30분 정도가 지났다.

후시구로와 이타도리는 무사히 천국——연장 요금이 500엔이다——에서 빠져나왔다.

“후시구로, 폴라로이드 사진을 받아왔는데, 가질래?”

“그 농담을 다음에 또 하면, 네 콧구멍에 파프리카를 쑤셔넣어주마.”

“그건 그냥 네가 싫어하는 음식잖아! 그래, 알았어. 그게 네가 할 수 있는 최대한의 보복이란 건 이해했어!”

“칸다 근처에 신사가 있어. 사진을 태우고 가자.”

“굳이 신사까지 가야 하는 거야?!”

“저주가 깃든 사진은 불태워 공양하는 게 최고야.”

“미안해! 네가 얼마나 힘들었는지, 아주 잘 알겠어!”

이타도리가 보기에 후시구로는 기본적으로 늘 기분이 좋지 않아 보이지만 오늘 새삼스럽게 ‘정말로 열 받은 후시구로’를 목격하게 되었다.

이렇게 된 이상, 아무리 이타도리라도 평소처럼 행동할 수는 없었다.

약간 겸연쩍어져 어떻게 화제를 바꿀까 고민하면서 볼을 긁적이다가, 결국 모든 것의 발단으로 돌아가기로 했다.

"그, 그러고 보니 고죠 선생님은 놓쳐버렸네."
"그래. 아무래도 상관없지만."
"아, 아아~. 대체 어디로 사라지셨을까……."
"내가 어쨌다고?"
""으아아아아악?!""
약간 어색해진 두 사람 사이의 공기를 흙발로 짓밟고 들어오듯, 완전히 기습적인 타이밍에 등 뒤에서 고죠가 나타났다.
심지어──.
"고, 고죠 선생님! 어느 틈에 뒤에 와 있던 거예요……? 앗. 어라? 쿠기사키까지 있잖아? 어째서?"
"어째서? 는 무슨! 이 자식!"
고죠의 뒤에서 불만스럽다고 할까, 원망이 서린 눈을 하고 있는 쿠기사키가 나타났다.
이타도리 입장에선 기분이 바닥을 치는 동급생이 한 명 더 늘어난 셈이다.
"아앗…… 쿠기사키까지 화가 났잖아."
"당연히 화나지. 너희가 고죠 선생님 근처를 어슬렁거린 탓에……."
"아. 그러고 보니, 고죠 선생님은 오늘 휴일이신가요?"
"무시하지 마, 짜샤!"

후시구로보다 액티브한 불평을 들을 것 같은 예감을 느끼고, 이타도리는 노골적으로 대화의 방향을 틀어버리기로 했다.

물론 그런다고 방향이 틀어지지는 않았다.

“아니, 평소처럼 일을 했는데.”

“네? 하지만 크레이프도 먹고, 거리도 어슬렁어슬렁…….”

“나 정도 되면, 보통 너무 바쁘니까 일할 때 겸사겸사가 아니고서야 거리를 돌아볼 수도 없단 말이다. 그래 보여도 할 일은 다 하고 있었어.”

“할 일이라뇨?”

“던전 찾기.”

“……던전이요?”

“바꿔 말하면, 1학년들이 적절한 경험을 쌓을 수 있는 저주받은 장소 찾기 및 사전 답사.”

“…………네?”

이타도리의 뇌리에 주술고전에 전학 온 직후의 기억이 스치고 지나갔다.

도쿄 관광을 하는 줄 알았던 하루가 완전히 뒤바뀌어, 폐허 빌딩에서 주령(呪靈)을 퇴치하는 레크리에이션에 강제로 참가하게 된 날의 기억이다.

고죠는 태평한 얼굴로 이어 말했다.

“저기 있는 메이드 카페의 옆 빌딩이 거의 폐허 상태인데, 인터넷 호러 사이트에 이상한 소문이 돌고 있어서 말이야. 원래는 꽤 역사가 있는 레코드 가게가 입점해 있었던 탓에 저주 에피소드에 신빙성이 생긴 게 문제였어.”

“아~ 그래서 건물밖에 안 보이는데도 쭉 창밖을 보고 있으셨구나.”

“그래서 원래는 며칠 뒤에 올 예정이었는데 어쩐지 마침 1학년 셋이 모여 있길래 말이야. ‘잘됐다. 오늘 도전하라고 해야지!’라고 생각했다는 말씀.”

“엇…… 아앗?!”

“걱정할 것 없어. 빌딩에 방치돼 있던 진공관 앰프도 미리 움직여놓고 소문대로 레코드를 재생해서 자극하고 왔으니까. 활발한 주령을 만날 수 있을 거다.”

“…………어엇.”

이타도리는 바로 쿠기사키에게 시선을 돌렸다.

원망이 서린 표정의 이유는 이제 대충 짐작이 간다.

한편, 두 사람과 반대로 후시구로는 기합이 들어가 있었다.

“좋아, 가자.”

“잠깐. 넌 왜 의욕을 불태우고 있는 건데!”

“게임 센터나 메이드 카페에 가는 것보단 훨씬 나아.”

“엇, 뭐야. 너희, 메이드 카페에 갔었어? 이타도리는 그렇다 쳐도 후시구로까지? 점잖게 생겨서 밝히기는. 변태들 같으니라고.”

“불가항력이었어.”

“난 그렇다 쳐도라니, 무슨 뜻이야?!”

“됐으니까 가자, 얘들아.”

“그러니까 왜 그렇게 전투 모드인 거냐고!”

“메구미는 얼마 전에 갔던 폐허 빌딩에서 실력을 보여줄 기회가 없었잖아. 그걸 계속 담아두고 있었거든.”

“담아두고 있지 않습니다.”

“아니, 담아두고 있던 얼굴이잖아.”

“너, 은근히 뒤끝이 긴 타입이구나.”

“그럼, 다들 조심해서 다녀와라. 나는 튀김 만쥬를 먹고 있을 테니까.”

“선생님, 뭘 또 먹는다고요?!”

“얼른 가자.”

“가자는 무슨! 젠장. 굿바이, 나의 휴일———!”

“나의 아메요코———!”

상궤를 벗어난 휴일이 완전히 뒤집혀, 주술사의 ‘평소와 다름없는 분위기’가 되었다. 이로 인해 조금은 회복한 후시구로.

한편, 마음껏 즐기던 휴일이 갑자기 중단된 이타도리와 아메요코의 명물인 핫카엔의 과일을 미처 먹지 못한 쿠기사키.

왁자지껄 떠들며 주령을 퇴치하러 가는 세 사람을 고죠는 평소와 같은 가벼~운 미소로 떠나 보냈다.

"어?"

이타도리의 주머니에서 뭔가가 팔랑팔랑 떨어졌다. 뭘까 싶어 고개를 갸웃거리며 그것을 주워드는 고죠.

다음 순간, 웃음이 터져 나왔다.

"푸하하하하하하."

시야에 날아든 것을 본 고죠는 웃음을 멈추지 못했다.

"큽, 크크크………… 이러니저러니 해도 청춘을 즐기고 있잖아, 소년."

웃겨서 나오는 웃음이 80퍼센트.

흐뭇해서 나오는 웃음이 20퍼센트.

천사의 날개를 달고 메이드와 함께 찍은 이타도리와 후시구로의 사진을 들고, 고죠는 그 자리에 멈춰 서서 한참을 웃었다고 한다.

메구미 님 ♡♡
또 와주세요!!

## 제2화 반혼 인형

나나미는 출장을 싫어하진 않는다.

경비로 떠나는 여행이라고도 할 수 있고, 좀처럼 방문할 기회가 없는 곳에 가볼 이유가 되기도 하니까.

홋카이도라면 더욱 그렇다.

무엇보다 아무리 주술사라고 해도 동료와 떨어져 혼자가 될 기회는 사회인으로서 무엇과도 바꿀 수 없는 쿨 다운. 즉, 영혼의 환기라 할 수 있다.

공기에 변화가 없으면 우울에 빠진다.

적절한 기분 전환이 가능한가 여부는 노동을 오래 해 나가는 데 있어서 중요한 부분이다.

그렇게 생각하는 나나미에게 있어 출장지에 선배 주술사가 따라오는 건 탐탁지 않은 일이었으며——그것이 고죠 사토루라면 두통을 야기하는 사항이기까지 했다.

"나나미, 홋카이도 퀴즈 대결을 하자."

"혼자 하시죠."

"자, 첫 번째 문제. 내가 가장 좋아하는 홋카이도의 디저트는 어느 명과의 '*산포로쿠'일까요~?"

*산포로쿠: 홋카이도 바움쿠헨.

"하다못해 퀴즈의 의미를 열 번 조사해본 뒤에 내주시죠."

"그럼, *쟈가버터 게임을 하자. 규칙은 간단해. 쟈가버터를 더 좋아하는 사람이 승리하는 거야. 좋아, 내가 이겼다~. 난 쟈가버터를 일본에서 두 번째로 좋아하는 남자거든."

"첫 번째는 누구입니까?"

"**마츠야마 치하루."

"당신은 숨을 쉬는 것보다 거짓말을 하는 횟수가 더 많군요."

"$CO_2$도 감소되고 좋지?"

"제 한숨에서 나오는 $CO_2$로 플러스 마이너스 제로입니다. 멀고 먼 홋카이도까지 왔는데, 뭐가 아쉬워서 남자 둘이, 심지어는 주술사 둘이어야 하죠."

"어때서 그래. 버라이어티 방송 같아서 좋잖아?"

"이렇게 우중충한 버라이어티가 대체 어디에 있죠?"

나나미와 고죠가 떠들썩한 오도오리 거리를 정반대의 표정으로 걸어갔다.

삿포로의 거리는 교토와 마찬가지로 바둑판 같은 구조다.

표지판을 보며 걸으면, 일단 길을 잃는 일은 없다.

일방 통행을 파악하는 것이 조금 귀찮지만 도보 관광에 한해선 츄오구 만큼은 길을 찾기가 무척 용이하다. 지도와 대조해 보기도 쉽다.

*쟈가버터: 버터를 올린 구운 감자.
**마츠야마 치하루: 일본의 가수. 홋카이도 출신.

“물론 모든 길이 격자 무늬를 그리고 있는 건 아니지만, 그래도 각 지점을 순회하는 루트를 짜긴 쉬워.”

그렇게 말하며 고죠가 꺼낸 것은 반으로 접은 팸플릿이었다.

그것을 펴자, 알기 쉽도록 간략하게 그려진 츄오구의 지도에 빨간색 동그라미가 몇 개나 표시돼 있었다.

“그 지도는 뭡니까?”

“이봐, 이봐, 이봐, 나나미~. 이봐, 이봐, 이봐, 이봐~.”

“그거, 묘하게 짜증이 나는군요.”

“정신 차려, 응? 여기서 내가 꺼낼 만한 게 고죠 사토루 디저트 맵 말고 뭐가 있겠어?”

“그러니까 그런 건 혼자서 즐기시길.”

“선배다움을 보여줄 보람이 없는 녀석일세.”

“당신도 옛날부터 선배 대접할 맛이 없는 선배였습니다.”

한숨을 너무 많이 쉬어서 폐가 납작해질 것 같은 나나미였다.

고죠가 사적으로 하는 이야기는 90퍼센트가 대충 한 말이다.

기본적으로 자신의 페이스로만 떠들기 때문에 진지하게 듣고 대답하면 피곤해지기만 할 뿐이고, 흘려들으려 해도 짜증이 난다.

그런 상대가 연장자인 데다 선배이며 실력상 절대적인 강자라는 스트레스는 고죠 사토루와 엮여본 자가 아니면 이해할 수 없을 것이다. 이지치 같은 사람에게는 더 심각한 문제일지도 모른다.

"……그보다 정말 왜 따라오신 겁니까. 이번 임무는 딱히 주술사가 둘이나 필요한 일은 아닙니다만. 하물며——."

"하물며 엄청나게 잘생긴 최강 주술사 고죠 사토루가 나설 만한 무대는 아니다?"

정말로 피곤함이 몰려와서 나나미는 무시했다. 그래도 고죠의 말은 이어졌다.

"확실히 걱정할 일이 없다고는 생각해. 단독 조사지만 담당하는 사람이 너라면 혼자서도 잘해내겠지."

"그렇다면, 어째서 오신 거죠?"

"'아마도 걱정할 필요 없는 임무'를 '절대로 걱정할 필요 없는 임무'로 만들기 위해서야. 혼자서도 충분한 임무지만, 1급 주술사가 출장까지 올 정도의 일이잖아? 심지어 듣기로는 악덕 주저사(呪詛師)나 그것과 '관련된 것'이 엮였을 거라고도 하고 말이야."

"……상대방도 1급이나 특급에 해당하는 주저사일지도 모른다는 말씀인가요?"

"어디까지나 '가능성'이지만."

"당신은 그런 불확실한 가능성 때문에 굳이 나서는 사람이 아니지 않습니까."

"좋은 이해자를 뒀다는 사실이 오장육부에 스미는걸. 어쨌든 지금은 그런 걸로 해둬도 상관없지 않나? 의외로 바쁜 스케줄에 지친 내가 북쪽으로 바캉스를 오고 싶었던 것뿐일지도 모르잖아."

"그렇게 말하는 시점에서 진짜 목적은 다른 거라는 뜻이겠군요……."

"아, 나나미. 저거 봐, 저거."

"사람이 하는 말을 제대로 들어주시죠. 말하는 만큼 헛수고겠지만요."

고죠가 손가락으로 가리킨 곳에는 아담한 노점이 있었다.

노란색 간판에 붉은 글씨로 커다랗게 적힌 '쟈가버터'란 글자의 자기 주장이 너무나도 강렬하다.

"생각해보면, 쟈가버터 노점은 스트롱 스타일이란 말이지. 구운 감자에 버터만 올려서 파는 거잖아. 이거, 집에서 해 먹을 때 딱히 손이 많이 가는 것도 아냐."

"고구마 맥반석 구이도 비슷하잖아요."

"듣고 보니 그러네. 나나미, 역시 대단한걸? 눈이 선글라스 안쪽에 붙어 있어."

"그건 그냥 안구의 위치 정보잖습니까."

"그런데 나나미, *쟈가이모의 쟈가는 무슨 뜻일까?"

"자카르타항을 통해 일본으로 수입된 거라서 붙은 이름이란 설이 있다고 하더군요."

"어째서 바로 대답할 수 있는 거야? 무서워."

"반대로 어째서 모르는 겁니까? 일본에서 두 번째로 쟈가버터를 좋아하는 남자가 말이죠."

"어차피 2등은 2등이란 거지. 기왕 목표하는 거, 역시 넘버 원이어야 했나……. 그렇게 됐으니까 사장님, 쟈가버터 하나만 주세요."

대화를 하면서 고죠가 무척 자연스럽게 노점에 다가갔기 때문에 나나미는 반응이 살짝 늦어지고 말았다.

"드실 겁니까?"

"먹어야지. 왜냐하면 난 일본에서 두 번째로 쟈가버터를 좋아하는 남자니까."

"일단은 일을 하러 온 겁니다만."

"그럼, 넌 먹지 마. 나 혼자서 홋카이도를 음미하겠어."

"먹을 거지만요."

"먹을 거였냐."

오도오리 공원 벤치에 남자가 둘. 한쪽은 온통 새까맣고 캐주얼한 복장이고, 다른 한쪽은 제대로 갖춰 입은 정장 차림이다.

---

*쟈가이모: 감자의 일본어.

둘 다 선글라스를 쓰고 나란히 앉아 쟈가버터를 먹고 있다.
퍼포머나 코스튬 플레이어가 돌아다녀도 '그럴 수 있지'라고 생각하는 곳이 바로 대도시 삿포로지만 그걸 고려하더라도 사람들의 시선을 끄는 2인조였다.
"우와, 맛있어. 따끈따끈해, 따끈따끈."
"집에서 구워도 이런 맛은 안 납니다."
"그러니까 말이야. 쟈가버터를 무시하고 있었어. 노점에서 구울 만한데?"
"맥주를 마시고 싶네요. 역시 일부터 마치고 먹을 걸 그랬습니다."
"맥주라~……. 나로선 단품으로 맛있는 음식을 술이랑 함께 떠올리는 감각이 잘 이해되지 않는단 말이지. ……어? 어라?"
"왜 그러시죠?"
"네 쟈가버터, 내 거랑 뭔가 다르지 않아?"
"젓갈을 올렸거든요. 맛있습니다. 안 드릴 거지만."
"필요 없어. 얼마 전에 퇴치한 주령이랑 비슷하게 생겼거든."
"…………."
잘하면 좋은 기분 전환이 될 거라 기대하며 방문한 홋카이도.
나나미는 살짝 스트레스가 쌓이는 것을 느꼈다.

Potato with Butter

따끈따끈한 쟈가버터를 탐미한 뒤, 양식 있는 어른이기에 깔끔하게 쓰레기를 치운 두 사람은 오도오리 공원 동쪽에 있는 TV 타워를 향해 걸어갔다.

오도오리 공원은 거기서 끝이 나고, 버스 터미널 근처에 폭이 넓은 도로가 남북으로 뻗어 있다.

도시의 대동맥이라 불리는 넓은 길이지만, 뜻밖에도 돌아다니는 사람은 그리 많지 않다.

이것은 삿포로란 도시의 구조에 기인한다.

"그래서 이번에 조사해야 하는 게 어떤 악독한 주저사더라? 아, 애초에 주저사인지 아닌지도 모르겠지만."

"잘 알지도 못하면서 따라온 겁니까?"

"어차피 대처하는 건 너니까."

"그럼 따라오지 말라고 말씀드리고 싶습니다만……. 그건 그렇고, 배가 더부룩해지는 음식을 먹은 뒤인데 소프트아이스크림 같은 걸 잘도 드시는군요."

"너도 먹고 있잖아."

고죠는 치즈와 밀크 맛의 트윈 소프트아이스크림이 흘러내리지 않도록 재주 좋게 핥아먹으며 당연하다는 듯이 나나미의 앞을 걸어갔다.

대체 어디로 가는 걸까? 사건의 내용을 잘 모르는 사람이라고는 생각하기 힘든 움직임이다.

고쵸가 말하길, 굳이 홋카이도까지 와서 밀크 맛도 아니고 초코 맛도 아닌 쿠키&크림 맛 소프트아이스크림을 주문하는 나나미의 초이스가 믿기질 않아 도저히 시야에 들여놓을 수가 없다고 한다. 선글라스를 끼고 있으면서 무슨 소리인가 싶다.

나나미는 고쵸에게 멋대로 걸어가지 말라고 말하고 싶었지만 먼저 설명부터 하는 것이 빠를 것이라 생각했다.

평소의 고쵸였다면 나나미에게 듣지 않아도 사건의 내용을 파악하고 있었을 것이다.

그런데도 굳이 나나미에게 묻는다는 건 고쵸가 그 어떤 정보도 얻지 못했다는 방증이다. 즉, 고쵸도 자신이 나설 정도의 사건이 아니라는 걸 알고 있다는 뜻이다.

그런데도 고쵸는 나나미를 따라왔다.

정말로 한가한 시간을 때우고자 머나먼 북쪽 고장까지 올 만큼 한가한 사람이 아니란 건 안다. 나나미는 고쵸의 목적이 궁금했다.

어쨌든 그가 진짜 속셈을 털어놓게 하려면, '인형 소동'을 신속하게 해결하는 것이 최고다.

나나미는 효율을 고려해, 간결하게 설명하기로 했다.

"발단은 '*요모츠히라사카'라고 불리던 웹사이트입니다."

"네이밍 센스 한번 엄청난걸."

"검색 엔진으로는 찾아갈 수 없게끔, 독립된 서버 내에 개설된 사이트 같더군요……. 정보를 토대로 이지치가 찾아냈죠."

"그 녀석은 우수하지."

고죠의 담백한 목소리엔 '당연하다'는 뉘앙스가 담겨 있었다.

그걸 듣고 나나미는 '아, 이 사람, 이지치를 추궁해서 내 출장지를 알아냈구나'하고 깨달았다.

이지치 키요타카가 딱히 엄청난 해커인 건 아니다.

그래도 무엇을 찾아야 하는지만 알면 그것을 '찾아내는 법'을 조사할 수 있는 것이 이지치라는 남자다.

지금의 정보 포화 사회에선 전문 지식보다 검색 능력이 위력을 발휘하는 순간이 많다.

그런 점에서 이지치는 귀중하게 여겨지고 있다.

물론 아무리 귀중하게 여겨지고 있다고 해도, 정보를 누설한 사람의 공로를 따뜻한 태도로 치하할 것인가 하는 건 다른 문제다. 나나미는 나중에 이지치에게 한 소리 해야겠다고 생각했다.

*요모츠히라사카: 일본 신화에서 황천과 이승의 경계에 있다고 하는 언덕.

"그래서 그 악취미적인 사이트는 무슨 목적으로 만들어진 건데? 설마 웃긴 영상을 볼 수 있는 곳은 아닐 거 아냐."
"사이트는 심플했습니다. 향수를 불러일으킬 정도로요."
"방문자 카운터가 붙어 있고 기념비적인 숫자일 때 방문하면 인증해야 하는 그런 느낌?"
"그런 느낌이죠."
"향수를 느끼는 내가 싫어지는걸."
"저희도 나이가 나이니까요."
소프트아이스크림이 평평해졌을 때쯤 콘을 베어 먹으면서 한 박자를 쉰 뒤, 나나미는 이어서 설명했다.
"간단히 말해서 그 사이트는 어느 주저사에게 연락하기 위한 창구였던 것 같습니다."
"창구?"
"간단한 입력 폼이 있는데 거기에 의뢰 내용을 적어 송신하면 현금 발송용 등기 우편 주소가 뜨고, 그걸 통해 상품을 구매하는 겁니다."
"우편 지불 통판이라니. 아날로그네."
"주소는 영세 부동산 업자가 소유한 홋카이도의 어느 건물로 지정돼 있었습니다. 1평짜리 셰어 하우스라더군요."
"셰어할 공간이나 있어?"

"우편함만 20개가 있었습니다. 떳떳하지 못한 사람들이 간이 사서함으로 이용하는 것이겠죠."

"야쿠자들이 연락 창구로 쓸 것 같은 수법인걸? 주저사가 할 수 있는 발상이 아니야."

"좋든 안 좋든 역사가 있는 가계의 주저사라면, 일단 이렇게 루트를 정비하자는 발상 자체를 못 하겠죠."

"……그래서 결국 통판으로 뭘 팔았는데? 무리에서 떨어져 나온 주저사라면, 보통 승두(蠅頭) 정도의 주령을 퇴치하는 주구(呪具)로 바가지를 씌우거나, 사람을 저주하면서 용돈이나 벌 텐데……. 고작 그것밖에 안 되는 상대 때문에 네가 불려오진 않았을 거 아냐."

"감이 좋으시군요."

"지금 대화하고 있는 상대가 누구인지를 생각하고 말해. 네가 불려갈 정도인데 내가 아무것도 모른다는 건 높으신 영감님들이 숨기고 싶어 하는 사건이란 뜻이잖아?"

"그렇다면 제가 '자세하게 이야기하는 걸 금지'당했을 가능성도 충분히 생각하실 수 있을 텐데요?"

"무슨 상관이야? 내가 마음만 먹으면 털어놓게 만드는 건 일도 아닌데. 그자들이 할 수 있는 건 기껏해야 '사건 자체를 모르게 하는 것' 정도지. 즉, 내가 이곳에 와버린 시점에서 이미 체크메이트다."

"매번 생각하는데, 그 정도로 똑똑하면 굳이 설명을 요구하지 말고 스스로 조사해 주셨으면 합니다만."

"못 하진 않지만 귀찮은 일에는 후배를 부려먹는 게 가장 간편하니까."

"……하아……."

나나미의 한숨은 길었다.

딱히 자세하게 설명하는 걸 망설이는 건 아니다. 그래도 횡포를 부리는 선배 주술사에 대해 그저 한숨을 쉬고 싶었다.

길게 내뱉은 숨을 들이마신 뒤에 나나미는 드디어 사건의 핵심을 건드리기로 했다.

"——죽은 자의 부활입니다."

"……뭐?"

고죠는 드물게도 귀를 의심했다.

나나미가 말한 것은 그만큼 바보 같은 소리였다. 나나미도 그것을 자각하고 있기에 말투에서 피곤함이 배어 나왔다.

"그 사이트에서 판매하는 것은 죽은 자의 영혼을 다시 불러오는 '새로운 그릇'입니다……. '반혼 인형'이란 이름으로 불리고 있다더군요"

"……또 웃기지도 않은 농담을 하는군."

"십중팔구는 사기겠죠. 다만……."

"아니, 이해했어."

고죠는 한 손을 팔랑팔랑 흔들었다.

이 짧은 대화로 진저리가 날 만큼 사정을 이해했다.

"십중팔구에 99퍼센트가 사기꾼의 장사라고 해도…… 만에 하나 사실일 가능성이 있다면 무시할 수 없다, 그런 거잖아."

이 세상엔 굳이 고민할 필요도 없는 진실이 더러 있다.

밤이 지나면 아침이 온다든가, 얼음은 차갑다든가, 사과는 나무에서 떨어진다든가, 등등.

웃음이 나올 만큼 단순한 규칙들이 확실히 존재하기에 세계는 성립한다.

바꿔 말하면, 이것들이 뒤집히면 세계는 성립되지 않는다는 뜻이다.

1+1이 2가 아니면 모든 계산이 무너지고, 밤이 지나도 아침이 오지 않으면 그것만으로도 이 별은 멸망한다.

웃음이 나올 만큼 단순한 진실은 진실이 아니게 되면 웃을 수 없다.

그런 진실 중 하나에 시간의 불가역성이 있다.

엎지른 물은 주워 담지 못한다. 후회는 앞서지 않는다. 시간은 과거로 돌아가지 않는다.

그중 가장 단순하고 상징적인 현상은 '죽음'이어야 한다.

"내게 알리고 싶지 않을 만하군. 스쿠나의 그릇을 확실하게 매장하고 싶어 하는 놈들로선 말이야."

"이해해주신 것 같군요."

"이거, 우습게 보였네. 내가 그런 것에 기댈 거라고 생각하는 건가?"

"1퍼센트에도 미치지 않는 가능성조차도 두려워하며 차단한다. 그렇기에 권력자는 권력자로서 계속 군림할 수 있는 것 아니겠습니까."

"100퍼센트 사기겠지만."

"그렇겠죠. 그런 것이 가능하면——."

"그런 게 가능하면 이 세계는 한참 전에 끝났을 테니까."

죽은 자는 되살아나지 않는다. 되살아나지 않기에 사람은 과거를 포기할 수 있다. 되살아나지 않기에 사람은 최소한 올바른 죽음을 추구한다.

그것이 가능하다고 하면 그것은 아마 세계에 있어서 너무나도 거대한 저주일 것이다.

저주의 왕이라 칭해야 마땅한 절대적인 저주가 틀림없다.

"심지어 그 수상한 장사의 대상은 어디까지나 '갓난아기의 부활'에 한정된다고 하니…… 가능성 같은 건 정말 있다고 할 수도 없는 수준입니다만.”

“갓난아기? 어째서 또…….”

“글쎄요. 고객층이 그렇게 한정돼 있습니다. 그 이유까지 포함해 조사하는 것이 제 임무죠.”

“애초에 죽은 자의 부활 자체가 말도 안 되는 헛소리일 텐데 말이지.”

“그렇다고 조사하지 않을 수는 없으니까요. 그것이 일이란 겁니다.”

고개를 들고 소프트아이스크림의 콘을 베어먹는 고죠.

방울진 아이스크림이 묻은 엄지손가락을 날름 핥으며, 무척이나 피곤한 얼굴로 선글러스 너머에 있는 나나미를 본다.

“나나미. 샐러리맨이라는 거, 주술사보다 거지 같았어?”

“적성 측면을 제외하고 생각하면, 오십 보 백 보겠군요.”

“이 사회는 저주받았네.”

“구원이 없는 표현이네요.”

“그래서 나나미. 그 인형인지 뭔지를 팔고 있는…… 일단 ‘인형사’라고 부를까? 그 녀석의 거처 정도는 이미 파악했겠지? 어디로 가면 돼?”

“이미 지나쳤습니다. 어느 분께서 멋대로 앞서가는 바람에.”

“엇, 나 때문이야?”

"……당신이 없는 만큼, 샐러리맨으로 남는 쪽이 더 나았을 거라는 생각은 하지 않게 해주시겠습니까?"
나나미는 아주 조금 이직을 재검토 했다.

도시는 평면으로만 넓게 펼쳐지지 않는다.
지상의 밀집도가 한계에 도달한 도시는 대개 평면이 아닌, 수직 방향으로 확산되어 간다.
즉, 빌딩을 위로 쌓아 올리거나, 지하 공간으로 깊게 파고 들어 가는 것이다.
"아하. 지하 상가구나."
"지상에서 지하로 들어가는 입구가 많아 다행이지만 그래도 너무 우회해 버렸네요."
지하 공간의 존재는 철도망이 얼마나 충실히 깔려 있는지와 이퀄 관계이므로 지하상가는 대도시인가 아닌가를 가르는 하나의 지표라 할 수 있을 것이다.
어쨌든 삿포로역 앞 지하 보행 공간은 비교적 신식이었고, 상당히 넓은 통로였으며 역 앞부터 스스키노에 이르는 주요 시설 대부분과 연결돼 있었다.

지상에 넓은 길이 있는데도 보행자가 그리 과밀하지 않았던 이유가 여기에 있다. 신호등이나 날씨와 전혀 상관이 없는 지하의 드넓은 공간은 그야말로 도시의 아래에 중첩되어 존재하는 또 하나의 도시라 할 수 있다.

"호화로운데? 지하인데도 천장에 채광창이 있어."

"편의점과 서점, 테라스, 도서관 창구, 미용실이나 점술사들까지 있으니까요. 이 정도로 모여 있으면 '인형사'도 있겠죠."

"그보다 처음부터 지하로 왔으면 됐던 거 아냐?"

"바로 오고 싶었지만 사람 말도 듣지 않고 쟈가버터를 먹기 시작한 사람이 있어서요."

"정말이야? 혹시 보게 되면 주의를 줄게."

"거울이라면, 화장실에 있습니다."

"그건 그렇고…… 확실히 호화로워. 전시 공간까지 있어서 이벤트도 열리고 퍼포머까지 있잖아. 지상보다 사람들의 활기가 모여 있어. 그런 만큼, 좋지 않네."

고죠가 얼굴을 찡그린 데에는 나름의 이유가 있다.

삿포로란 곳은 특수한 도시다.

사람은 십인십색으로 다양한 성향의 사람이 있기 마련이다.

도쿄라면 시부야, 아사쿠사, 신주쿠, 아키하바라 등등, 지역마다 저마다의 특색이 있고 사람들은 그 특색에 따라 각자의 장소에 모여든다. 시부야계, 아키바계 같은 말을 생각하면 이해하기 쉬울 것이다.

하지만 삿포로는 혼돈한 상태다.

젊은이가 모이는 쇼핑가와 마니아들을 위한 애니메이션 굿즈 상점, 역사가 있는 오래된 노포, 그리고 어른들의 욕망이 소용돌이치는 퇴폐 업소.

그것들이 고작 길 하나를 사이에 낀 초근접 거리에 혼재한다.

그렇기에 당연히 그곳에 모여드는 '사념'도 뒤섞여버린다.

원망, 질투, 분노, 편애, 집착, 선망, 혐오, 사욕.

부정적인 감정은 본래 도시의 성질에 따라 분산되기 마련이지만 이 상점가는 성질이 구별되어 있지 않다.

심지어 지하 보행 공간이다.

기나긴 통로이자 광활한 지하상가.

극도로 계산된 편이성, 도시의 주요 시설 대부분과 이어진 파이프는 역으로 향하는 각양각색의 사람들을 그들이 품은 부정적인 감정과 함께 하나의 공간에 욱여넣으며 다른 곳으로 실어간다.

얼핏 보기에 화려하고 활기가 넘치는 이 지하 대동맥은 주술사의 눈으로 보면 그야말로 사람의 사념이 모인 도가니다.

"덕분에 악취가 나는 방향은 잡아내기 쉽지만."

"네. 딱 보기에도 안 좋은 기운이 느껴지니까요."

수많은 사람이 오가는 지하상가는 그렇지 않아도 공기가 심하게 정체돼 있다.

그러나 그중에서도 두드러지는 음기의 기운이 확실하게 존재했다.

술식의 잔예만으로 주령의 발자취를 좇을 수 있는 수준의 주술사라면 가스 누출 지점을 찾는 것보다 쉽다고 할 정도다.

오가는 인파 속을 누비며 나나미와 고죠는 그 기운을 쫓아, 남쪽을 향해 지하도를 걸었다.

수십 분 정도 걸어가자, 깔끔하게 정비된 새 구획이 끝나고 분위기가 살짝 다른 오래된 구획에 진입하게 되었다.

오래된 구획은 새 구획에 비해, 샛길과 지하철 구내로 이어지는 통로 등으로 구조가 약간 복잡한 곳이 많았다.

그렇다고 해서 인구밀도가 줄어드는 것도 아니기에 결과적으로 길은 한층 북적북적해졌다.

그렇게 오가는 사람들 중에.

봇물 터지듯이 밀려오는 사람들의 흐름 속에…… '정체'가 있었다.

"나나미."

"네. ———단서겠군요."

두 주술사의 시선 끝에는 어느 모자가 있었다.
갓난아기를 안고 있는 엄마와 대여섯 살 정도로 보이는 소년.
고죠와 나나미는 그 모자의 대화에 귀를 기울이며 조심스럽게 다가갔다.
"——어휴, 아키토. 왜 이해해주질 않는 거니?"
"싫어! 엄마, 그런 거 들고 가지 마! 싫어! 싫단 말이야!"
"형아니까 괜히 고집부리지 마. 자…… 나츠키가 또 울잖니."
"싫어! 싫어어! 형아 같은 거 아니란 말이야!"
나츠키라 불린 아기를 고쳐 안으며, 아이 엄마는 난감한 얼굴을 하고 있었다.
물론, 아키토란 아이도 소중할 것이다.
하지만 부모란 어린 아기를 이겨낼 수 없기 마련이다. 아기에게 자꾸만 신경이 쓰이는지, 작은 몸을 안고 어르는 표정에는 광기가 어려 보일 정도의 애정이 담겨 있었다.
칭얼거리는 소년 때문에 애를 먹으며 아기를 어르는 엄마의 모습.
일반인이 본다면 특별할 것 하나 없는 흐뭇한 광경일 것이다.
동생이 태어나 갑자기 엄마를 빼앗긴 기분에 심통을 부리는 유아. 성인이라면 흔한 일이라며 웃어 넘길 것이다.
그러나 아키토란 소년은 어린아이가 부리는 심통이라고 하기엔 너무나도 필사적이었다.

엄마를 빼앗기지 않으려고 하는 마음인 건 맞을 것이다.

그러나 이 적의는 친동생을 향한 것이라고 하기엔 너무나도 날카롭다.

아이 엄마도 그것을 아는 것이리라. 처음엔 쓴웃음을 짓고 있던 표정이 서서히 난감함, 초조, 분노로 변해 갔다.

"왜 그런 말을 하는 거니?"

"그치만, 그치만!"

"네 동생이야. 불쌍하지도 않아?"

"저런 건 동생이 아닌걸!"

"아키토!"

격분한 어머니가 감정이 이끄는 대로 손을 들어 올렸다.

그러나 아이를 향해 휘둘러진 손이 볼과 부딪치며 참혹한 소리를 터뜨리는 일은 벌어지지 않았다.

나나미가 손목을 잡아챘기 때문이다.

"잠깐……. 뭐, 뭐예요, 당신!"

당연히 어머니는 당황했다.

그녀 쪽에서 보면, 나나미와 고쥬는 모자의 일상에 침입한 수상한 사람들이다.

폭력이 비방을 받을 일이란 건 알지만 갓난아기에게 폭언을 쏟아부은 아이에겐 훈육이 필요하다. 새빨간 타인의 개입은 그녀로선 납득하기 어려운 것이었다.

그러나 나나미와 고죠에겐 그녀를 나무랄 이유가 있었다.

어른으로서란 이유 이상으로 주술사로서 말이다.

"이거 놓으세요! 이건 가족 문제예요!"

"그럴 수는 없습니다. 자신이 안고 있는 게 무엇인지는 알고 계십니까?"

"무엇, 이냐니……."

"아하. 인형이라더니, 이런 거였나."

"히익!"

나나미의 반대쪽에서 고죠가 얼굴을 가까이 내밀어, 아이 엄마가 안고 있는 아기를 들여다보았다.

"대체 뭐가 튀어나오려나 했는데…… 이런 것일 줄이야. 이런 걸 팔아서 죽은 자의 부활이라고 주장하다니, 엄청난 사기꾼이네."

"이, 이러지 마세요! 나츠키를 건드리지 마!"

"호오, '그게' 그렇게나 소중해? 발치에서 울고 있는 아이보다도?"

"당연하죠! 이 아이도 제가 배 아파 낳은——."

"구입한 것이지 않습니까?"

나나미의 말에 아이의 엄마는 얼어붙기라도 한 것처럼 굳어버렸다.

장까지 강제로 집어넣은 맨손으로 등뼈를 움켜잡힌 듯한, 절망을 동반한 오한.

그것은 명백히 사정을 모르면 나올 수 없는 말이었다.

"——주해(呪骸)?"

나나미의 말을 반추하듯, 아이 엄마가 따라 말했다.

익숙하지 않은 단어여서인지 발음이 어딘가 어색했다.

"네. 쉽게 말해서…… 그렇죠. 저주 인형이라고 하면 이해가 쉬울까요?"

나나미의 설명에서 주술에 대한 지식이 없는 사람을 위한 배려가 느껴졌다.

사회인의 삶을 경험해서 이런 부분은 잘 대응하네, 라고 고죠는 남몰래 평가했다.

"인형이라니……. 하지만 이 아이는 이렇게……."

"혀를 내두를 만큼 잘 만들어졌군요. 평범한 사람이 보면, 진짜 아기와 구분이 되지 않을 겁니다."

“이 아이는, 진짜…….”
“그렇지 않다는 건 거래를 한 당신이 제일 잘 알고 있지 않습니까?”
“…….”
“보통은 주해를 이 정도로 인간처럼 만들 수 있는 주술사는 그리 많지 않습니다. ……이건 추측입니다만 제작을 의뢰할 때, 금전 외에 다른 것을 요구받진 않았습니까?”
“윽…….”
품속의 아기는 정말이지, 너무나도 잘 만들어져 있었다.
허공을 잡으려는 것처럼 팔다리를 움직이고 분홍색으로 물든 뺨이 움찔움찔 떨린다. 모성 본능을 자극하는 교과서 같은 동작이다.
하지만 그건 어디까지나 겉모습이 그런 것일 뿐.
주술사의 눈으로 보면, 그곳에는 역겨움만이 존재한다.
당연하다. 왜냐하면――.
“아마도――.”
“부활시키고자 하는 아기의 시체를 요구했겠지.”
“……고죠 씨.”
“이러니, 아기로 한정할 수밖에. 성인의 시체는 운반이 불가능할 테니까.”

어떻게든 직접적인 표현을 피하며 사정을 들으려 했던 나나미는 거침없이 쏘아대는 고죠의 발언에 어깨를 늘어트렸다.

아이 엄마가 동요하는 것을 보니, 고죠의 지적은 아무래도 적중한 듯했다.

시체를 재료로 한, 생전과 동일하게 움직이는 주해.

주술이란 것에 대해 지식이 있다면, 그것이 얼마나 이질적이고, 주술을 모독하고 있으며, 사람을 타락시키는 것인지 알 수 있을 것이다.

그러나 그럼에도 일반인에게 '죽은 자가 되살아났다'는 달콤한 악몽을 보여주기엔 충분하다.

그 악몽에서 깨어나려면, 고죠가 끼얹은 냉수 같은 진실이 필요하다는 것도 역시 맞다.

일부러 그 역할을 자처한 것이라고 말하면 듣기엔 좋지만, 고죠가 거기까지 나나미를 배려한 것인지는 확실하지 않다.

진의가 어디에 있든, 고죠의 말은 이어졌다.

"보기엔 살아 있는 것 같지만, 저건 사실 프로그래밍이 된 대로 움직이는 애완동물 로봇과 다를 게 없어."

"거짓말! 난 제대로 물어봤어! ……나츠키가 돌아온다고 해서 돈을 냈단 말이야!"

"부모라면 알지 않습니까? 자신의 아이가 가진 자잘한 버릇이나 감정을 담은 표정……. 살아 있는 영혼이 가지는 기운이 그 아기에겐 없다는 것쯤은.”

“………….”

“게다가——.”

나나미는 아주 잠시, 선글라스 안쪽의 시선을 아키토라 불린 아이 쪽으로 돌렸다.

다섯 살쯤 되어 보이는 작은 소년은 엄마의 다리에 매달려, 불안한 표정으로, 그러나 강한 의지가 느껴지는 표정으로 엄마의 얼굴을 올려다보고 있었다.

“——저 아이는 이미 알고 있는 것 같군요. 자신의 엄마가 정체 모를 무언가에 마음을 빼앗겨버렸다는 것을 말이죠.”

“그건…….”

“진실의 형태는 사람마다 제각각입니다. 당신이 원하는 진실이 ‘아이를 한 명도 잃지 않은 지금’이라면, 딱히 이러쿵저러쿵 참견할 권리는 없습니다만…….”

중지로 선글라스를 누르며, 나나미는 잠시 숨을 내쉬었다.

아이는 어른이 생각하는 것 이상으로 확고한 각오를 다지고 있을 때가 있다.

아키토란 소년은 ‘자신이 엄마를 붙들어야 한다’라는 걸 아는 것이리라. 기특하지만 어린아이를 그렇게 행동하게 만든 잔혹한 현실의 안타까움이 기특함을 느끼지 못하게 했다.

그렇기에 나나미는 조용한 기도를 담아 지적했다.

"'당신을 걱정하는 아이가 살아 있는 지금'에서 눈을 돌리고 있다는 건 사실일 테죠."

"……윽……."

이 어머니도 속으로는 알고 있다.

나나미의 말이 옳다는 것. 그리고 자신의 행동이 도피에 지나지 않는다는 것도.

그렇다고 해서 '네, 알겠습니다'라고 수긍할 수 없다는 것 역시, 나나미는 충분히 이해하고 있다.

한 번 잃었던 자를 되찾았다가 다시 잃는 것.

그것이 얼마나 잔혹한지 알기에 나나미는 계속해서 선택을 종용해야 했다.

"사람의 미련을 끊어내는 건 저주를 퇴치하는 것보다 더 힘들지."

고죠가 그렇게 중얼거릴 정도였다. 눈물과 오열을 동반한 뒤에야 주해는 간신히 회수됐다.

지하에서는 알 수 없지만 밖은 이미 해가 상당히 기울었을 것이다. 강제로 집행하면 마음의 상처는 치유되지 못한다. 그 아이 엄마가 스스로 내려놓을 때까지 나나미와 고쵸는 기다릴 필요가 있었다.

일을 하고 있지 않으니 짐 정도는 들으라는 말에 고쵸는 세 번 정도 꺼려하다, 결국 나나미의 가방을 대신 들었다.

그 안에는 아이의 엄마에게서 회수한 주해가 들어 있다.

"나나미, 이거 손가방에 넣기에는 조금 무거워."

"아무 데나 버리고 갈 수도 없지 않습니까. 게다가 소중한 단서니까요. 인형에 담긴 주력과 대조하며 탐색하면, 희미한 잔예만으로도 본거지를 쫓을 수 있고요."

"그건 그렇지. 이걸 팔아넘긴 '인형사'도 일단 흔적을 숨길 생각은 있었던 것 같지만…… 역시 이 녀석은 엉성한 가짜야. 어설픈 것에도 정도가 있지."

"네, 그러게요."

그리하여, 원흉의 본거지는 어이없을 만큼 쉽게 발견되었다.

지하상가에서도 특히 허름한 구획.

넓은 구역에서 갈라져 나와 어느 빌딩의 지하 플로어와 연결된 길. 지상층과 이어진 계단 뒤의 복잡한 지그재그 통로.

본래는 선술집이라도 입점해 있던 것이리라.

입지 조건이 좋지 않아서 정상적인 장사에는 영 맞지 않을 듯한 그곳은 반면에 수상한 장사를 할 거점으로는 적합해 보이는 곳이었다.

장막과 같은 원리의 술식으로 일단 사람들의 시선을 가리고는 있다.

그래도 은폐를 한다고 하기에는 너무 조잡하다고밖에 할 말이 없다.

잔예를 쫓아온 나나미와 고죠는 마치 발자국이 계속 이어져 있는 것 같이 확실한 흔적을 확인할 수 있었다.

"인재 부족인 주술사 세계의 현실을 실감하게 되네. 이런 삼류가 거점까지 당당하게 꾸려놓고 있는 걸 내버려 두고 있었을 줄이야."

"강한 주령은 도심에 집중되어 있고, 주술사의 활동도 그에 비례하니까요. 지방을 향한 감지는 아무래도 둔해지는 경향이 있죠."

"이 정도 수준의 악덕 주저사는 사실 내버려둬도 큰 문제는 없지만 말이지."

누가 먼저라고 할 건 없었다.

그러나 특별히 신호를 주고받지도 않았음에도 두 사람은 한쪽 발을 내디디며,

"이런 피해가 발생해버린 이상."
"아무래도 밟아줘야겠지?"

두 주술사는 거의 동시에 문을 발로 차 부숴버렸다.
나무와 경첩이 마찰하는 소리가 성대하게 울리고 먼지가 피어올랐다. 조폭 영화가 이럴까 싶을 만큼 불량하게 등장한 두 주술사에 방의 주인——'인형사'는 저도 모르게 자리에서 엉거주춤 일어섰다.
"……뭐, 뭐야? 당신들……."
"손님으로 보인다면 안과에 가봐, 삼류."
"주술사입니다. 제대로 된."
"너 같은 거랑 달리 말이지."
고죠의 목소리엔 특히 강렬한 경멸이 어려 있었다.
쳐들어간 방의 내부는 이보다 더 너저분할 수가 있나 싶은 곳이었다.
일본풍인지, 중국풍인지, 한국풍인지 알 수 없는, 오로지 분위기만 추구한 지조 없는 인테리어.
사자 장식물과 위조품으로 보이는 미이라. 그리고 포르말린에 담긴 살무사. 기념품 가게에서나 팔 것 같은, 덕지덕지 페인트를 칠한 가면——.

정점은 방의 주인인 '인형사'의 옷이었다.

음양사인지, *칸누시인지 알 수 없는 그 복장은 대체 어느 렌털숍에서 빌려왔나 싶을 만큼 싸구려 천으로 만든 것이었다.

게다가 기껏해야 미신 정도의 효과밖에 발휘하지 못할 조잡한 부적을 붕대처럼 감아 몸을 뒤덮고 있었다.

주술사의 눈으로 보면, 그것은 정말 변장의 범위를 벗어나지 못한 것이었다.

아무리 일반인이 상대라지만 이런 꼴로 누군가를 속일 수 있을 거라고 생각하는 건 너무나도 뻔뻔하다.

아니, 실제로 누군가를 속여넘겨 피해가 발생했으니까 구제할 길이 없다.

그 모습은 하나부터 열까지 주술사에 대한 모욕이라 할 수 있었다.

"주술사……? 그, 그그, 그렇군. 네, 네놈들. 네놈들도 주술사인가……!"

"'도'라니, 무슨 소릴 하는 거야. 설마 자신을 주술사에 포함시키고 있는 거냐?"

"부탁이니, 괜한 저항은 하지 말아주시죠. 봐주면서 하는 것도 피곤한지라."

*칸누시: 신사의 신관.

나나미도 같을 것을 느꼈을 것이다.

선글라스 안쪽 미간에 새겨진 주름은 깊었다.

거기에는 인형사의 존재와 그의 무도함에 대한 생리적인 혐오감이 배어 나와 있었다.

지금은 무기를 들고 있진 않지만, 나나미는 즉시 전투에 들어갈 수 있는 자세를 취하고 있었다.

인형사가 아무리 사이비 주저사라 해도 나나미라는 1급 주술사가 발휘하는 위압감은 일반인의 감각으로도 알 수 있을 만큼 강하다.

만약 이 상황을 낙관할 수 있다면 상당한 얼간이이거나.

혹은 이미 제정신이 아니거나.

"앗, 아, 아아아……. 뭐, 뭘 하러, 뭘 하러 온 거지?"

"이 지경에 이르러서도 우리가 뭘 하러 왔는지 모르겠으면, 그냥 말을 하지 마. 멍청한 정도도 심하면 귀엽지 않으니까."

"내, 내, 내겐 시간이 없어! 시간이!"

"시간이 없다는 건 저희가 할 말입니다. 슬슬 4시가 되죠. 출장을 온 거지만 시간 외 노동은 하고 싶지 않거든요."

나나미와 고죠는 나란히 선 상태를 유지하며, 인형사에게 다가갔다.

좁은 실내에서 두 사람이 나란히 입구를 막아버리면 도망칠 곳이 없다.
체크메이트라고 해도 좋을 상황이다.
이렇게 되면, 인형사가 취할 수 있는 수단은 한정된다.
무모한 시도란 걸 각오한 뒤, 나나미와 고죠를 밀치고 도망가거나 혹은 볼품없이 둔기라도 휘두르며 저항을 시도하거나. 아니면 포기하고 잡히거나.
——결과.
인형사가 취한 행동은 그중 어떤 것도 아니었다.
"사, 사, 사, 사————살려줘어!"
"엇?"
"다, 다다다, 다행, 다행이야. 내 쪽에서 찾으러 가고 싶던 참이었어! 진짜 주술사! 사, 살려줘. 돈이라면 많이 모았어! 그러니까, 그러니까!"
인형사는 놀랍게도 나나미의 발에 매달리며——도움을 구걸했다.
그 시점에서 그들은 동시에 위화감을 느꼈다.
확실히 인형사는 도저히 주술사라고 부르기 힘든 남자였다.
나나미는 물론, 주술고전의 1학년들에게 맡겼어도 혼자서 능히 제압할 수 있었을 것이다. 그만큼 인형사는 주술사로서, 그리고 주저사로서 약했다.

하지만――너무 약하다.

주해에 담긴 주력은 결코 강한 것이 아니었다.

술식도 단순해서 인간이 부르면 기계적인 반응을 돌려줄 뿐인 속임수에 불과했다.

아무리 그래도 너무 약하다.

고작 그 정도밖에 안 되는 주술이지만 나나미의 다리에 매달려 있는 눈앞의 이 남자가 쓸 수 있을 거라는 생각이 들지 않는다.

그런데도 이 남자에게선 확실히 주해와 똑같은 주력이 새어 나오고 있었다.

곧 하나의 진실에 도달했다.

"――나나미."

"네. 장난 삼아 사람들을 저주하고 있나 했더니――저주받은 쪽이었던 것 같군요."

이 대화가 신호라도 된 양, 이변이 시작되었다.

인형사의 옷을 결박하고 있던 무수한 부적을 찢어가르며――수많은 '팔'이 옷 속에서 채찍처럼 날아들었다.

"칫."

나나미는 최소한의 움직임으로 피하려다가, 즉각적으로 판단을 다시 했다.

휘둘려진 '팔' 끝에서 작은 벌레 같은 것이 몇 마리 날아왔기 때문이다. 팔에 직격으로 맞지 않도록 피하면서 나나미는 입고 있던 정장의 상의를 거칠게 벗은 뒤, 그 벌레 같은 것들을 털어 냈다.

"……이건……."

인형사의 몸은 그야말로 살아 있는 인형과 같았다.

사람과 인형이 기이하게 유착되어 무너진 윤곽을 하고 있었다. 목과 왼팔은 간신히 사람의 몸을 유지하고 있었지만, 왼쪽 가슴보다 아래쪽은 참혹하기 그지없다.

심장을 물고 늘어진, 증오로 일그러진 듯한 인형의 머리.

살을 찢고 나온 죽창처럼 날카롭게 벼려진 수많은 목제 골격이 인체와 융합해, 70퍼센트 이상이 인형으로 바뀐 신체가 거미 같은 실루엣을 그리고 있었다.

"아, 아아아아아아. 살려, 살려줘. 돈이, 돈, 돈이라면 있으니까, 퇴, 퇴치해줘! 이게, 이게, 이게게, 이게, 떨어지, 떨어, 떨어지지지지지지지지지지지지."

인형사는 고통과 공포로 날뛰며, 무수히 많은 팔을 채찍처럼 휘둘렀다.

위력 자체도 마치 폭풍과 같아서 맨몸에 맞으면 뼈가 산산이 부러질 정도의 것이었지만, 진짜 위협은 그것이 아니었다.

가장 무시무시한 것은 인형의 배에서 쏟아져 나와, 피부 위에서 우글우글 꿈틀대는 엄청난 수의 작은 벌레들.

아니…… 자세히 보면 알 수 있다. 저건 작은 주해의 무리다.

그것들은 인형사의 몸과 옷 속에 감춰진 '갓난아기의 시체'를 먹으며, 느린 속도로 증식과 성장을 이어가고 있다.

"……주해 생산 공장을 겸한 자가 증식 주해인가요."

살점과 머리카락을 엮으며 지금도 수많은 주해가 느린 속도로 만들어지고 있었다.

남자의 몸이 어쩌다 침식당한 것인지는 말할 필요도 없다.

그리고 마지막 의문도 해결되었다.

"'부모에게 넘길 주해의 재료로 시체의 피부를 썼다면, 남은 살점은 어떻게 했을까'가 의문이었는데…… 그래요. 이것에 먹일 살점으로서 보충하고 있던 거였군요."

"아무리 시체를 썼다고 해도 이런 남자가 어떻게 그런 정교한 주해를 만들어낼 수 있었는진 아직도 의문입니다만……."

"현대의 주술사가 쉽사리 만들어낼 수 있는 물건이 아니야. 아마 몰락한 옛 주술사 가문의 후예가 창고 구석에서 발굴한 주구…… 가 아니라, 폭주 주물(呪物)이겠지."

"까다로운 지불 시스템까지 준비힌 걸 보면 처음엔 순수하게 돈벌이가 목적이었겠죠. 악의가 있었다는 건 명백합니다. 애초에 정상 참작의 여지가 없지만……."

나나미가 진심으로 피곤하다는 듯이 한숨을 쉬었다.

"시체뿐만 아니라 살아 있는 사람까지 탐하는 물건이야. 유유자적 구경만 하고 있을 순 없지."

무척이나 나른한 기색으로 고죠가 어깨를 늘어뜨렸다.

인육을 집어삼켜 인형을 만들어내는 인형.

그 인육을 충당하기 위해 시체를 모았으나, 그럼에도 부족해져 지금은 인형이 달라붙어버린 인형사.

둘 모두, 대강 이 세상에 존재해도 될 만한 것이 아니다.

나나미와 고죠의 표정은 비슷한 종류의 것이었다.

이에 담긴 감정은 체념.

상황을 받아들인 인간의 얼굴.

그것이——구원을 요청하는 인형사가 기뻐할 만한 것일 리는 없었다.

"엇, 아, 아아, 구, 구해, 구해, 주, 주는 게 아냐……?"

"그건 불가능해. 스스로도 알잖아?"

"상황이 이 지경에 이르지 않았다면 이에이리 씨가 제거할 수 있었을지도 모릅니다만."

나나미가 등 뒤로 손을 뻗었다.

그는 등에 손도끼라고 부르는 것이 더 어울릴 듯한 큰 칼을 차고 있다.

나나미는 젊어지고 있다.

샐러리맨을 그만두고 주술사를 선택한 자로서. 자신이 휘두르는 칼을 젊어지고 있다.

나나미는 그 칼을 인형사에게 내밀었다.

“자, 잠깐. 그게 뭐지?”

“7:3.”

나나미가 칼날로 허공을 베었다.

“제 술식은 대상을 선으로 분할했을 때…… 7:3 비율에 있는 점을 강제적으로 약점으로 만드는 겁니다. 생물인지 아닌지는 상관이 없고, 당신처럼 양쪽이 융합한 물체에도 똑같이 적용되죠.”

“……무, 무슨 소리를…….”

술식의 개시(開示).

구속에 의한 술식 효과 증폭. 정보를 드러내는 디메리트를 전제로 한 공격력 상승.

이것은 즉, 나나미에게 있어 반드시 섬멸하겠다는 의사 표명이라고도 할 수 있다.

“그 모습을 딱하게 여기지 않는 건 아닙니다만 애초에 발단은 당신이 위험한 주술로 돈을 벌어들이려 한 것에 있다는 건 명백합니다."

"……이, 이봐, 이봐, 이봐? 농담이지? 나, 나나나, 난 사람이거든? 아무리 주술사라고 해도, 사, 사람을, 그, 그 칼로, 어, 어어어, 어떻게 할 생각, 생각……."

"그 몸은 이미 손을 쓰기에 늦었으니……."

"싫, 싫어. 싫어, 싫어, 싫어. 히익! 그런 법이 어딨어! 난 죽은 자를 부활시켜서! 구원해줬어! 사람의 마음을! 내가 구원해줬다고! 그런데 나만! 이, 이런 꼴. 이, 이이이이, 마음! 마으, 마윽, 마음! 마으, 마마……."

"이미 언어와 자의식마저 위태롭군요. 무엇보다——."

나나미는 좁은 실내에서 능숙하게 칼을 치켜들었다.

그 동작에 확실한 살의가 담겨 있다는 건 인형사의 눈에도 명백히 보였다. 절대적인 궁지에 몰린 순간에 취할 수 있는 행동은 그리 많지 않다.

공포와 초조함이 인형사를 지배했다.

그리고…… 언제 끊어져도 이상하지 않은 긴장의 끈을 나나미의 한마디가 끊어버렸다.

"——타인에게 마구잡이로 저주를 뿌린 당신은 이미 저주 그 자체니까요."

"죽여버리겠어어어어어어어어어어어어어어!"

그리하여 인형사는 나나미에게 달려들었다.

간신히 남아 있는 하나뿐인 사람의 팔과 무수한 인형의 팔을 휘두르며.

나나미는 움직이지 않았다.

그저 몸의 탄력을 이용해, 위로 치켜든 칼로 바람을 갈랐다.

"성인이라면 책임을 지십시오."

일도(一刀).

"————아."

단말마조차 오르지 않았다.

정보의 개시로 증폭된 술식은 인형사의 몸을 정확히 7:3으로 절단했다.

비스듬하게 잘려나간 신체는 인형인 부분과 인간인 부분이 깨끗하게 분리되어 바닥으로 무너지듯 떨어져 내렸다.

아마도 인형사의 영혼을 양분으로 삼아 움직이고 있던 것이리라. 떨어져나간 인형의 신체는 덜그럭덜그럭하는 무기질적인 소리를 울렸지만 곧 잠잠해졌다.

그리고.

"……아…… 아…… 아, 아…… 아아……."

언어를 이루지 못한 음성을 가냘프게 중얼거리며 인형사는 마치 실이 끊어진 인형처럼 멈춰버렸다. 작은 벌레 같던 작은 주해 역시 탯줄이 끊긴 아이처럼 점차 움직임이 멎어갔다.

아이러니하게도 인형에게서 분리된 인형사의 몸은 죽음을 맞이하기 직전의 짧은 한순간이나마 인간으로서 죽을 수 있었다고 할 수 있을 것이다.

진실이 결코 누구의 마음도 편하게 만들어주진 못했지만…… 나나미의 일도가 그를 인간으로 되돌려준 것은 사실이다.

“수고했다, 나나미.”

고죠가 어깨를 두드리자 나나미는 뭉친 근육을 풀듯이 팔을 돌렸다.

“당신이 처리해주시는 편이 편했겠지만요.”

“이런 녀석이어도 일단 인간으로서 보내주려면 네 술식이 더 적합해.”

“적합하고 싶지 않네요, 이런 일은.”

“일단 장막만 내리고 처리는 맡기자. 아무래도 시체를 처리하는 건 능력 밖이야.”

“당신은 이번에 아무런 일도 하지 않았잖습니까.”

나나미의 긴 한숨을 끝으로 실내에 고요함이 돌아왔다.

사자 장식물도, 위조품으로 보이는 미이라도, 포르말린에 담긴 살무사도 주인을 잃은 실내에 여전히 자리 잡고 있다.

이 방의 주인이 인간이었는지, 인형이었는지.

주술사들이 방문한 시점에선 이미 구분이 애매하다.

다만, 바닥에 퍼진 핏자국은 그것이 인간의 증명이라도 되는 듯 선명했다.

이윽고 그 흔적마저 아무런 일도 없었다는 것처럼 남김없이 닦여나갔다.

깊은 지하 공간엔 마지막으로 고요함만이 남았다.

"의사가 제 병 못 고친다는 말이 있지."

바의 카운터 자리에서 유리잔을 흔들며, 고죠가 문득 중얼거렸다.

서두도 없이 나온 말이었기에 나나미는 순간 자신에게 건넨 말이라는 걸 깨닫지 못했다.

"…… 인형사에 대해 말하는 겁니까?"

"모든 주술사에 대한 이야기야. 저주에 대한 대처란 건 한 마디로 말해서 사람의 부정적인 감정에 대한 대처라 할 수 있지. 그러니 울적해지는 임무가 많아 질 수밖에."

"자신의 안에 저주를 쌓아버릴 위험성 말인가요?"

"익숙해질 수는 있어도, 마음까지 좋아지진 않는단 말이지. 취하고 싶어질 만해."

"당신이 주문한 건 '플로리다'지 않습니까. 논 알코올인."

"난 아무것도 안 했으니까, 취하지 않아도 되거든."

"당당하게 말하지 말아주시죠."

'김렛'을 비우는 나나미를 보며, 고죠는 웃었다.

"너 말이야, 은근히 정이 깊단 말이지."

"갑자기 뭡니까?"

"딱 잘라낼 수 있어도, 태연할 수는 없는 거잖아? 그런 차이에서 발생하는 마찰은 어른이라면 그나마 처리할 방법이 있지. 술은 그야말로 마음의 특효약이야."

"별로 재미없는데, 계속하실 겁니까?"

"딱히 놀리는 건 아냐."

선글라스 너머로 나나미는 의심스러운 시선을 보냈지만, 고죠의 얼굴에 평소와 같은 경박한 웃음이 떠올라 있지 않은 걸 보고, 이야기를 조용히 경청하는 자세로 돌아갔다.

그것을 알아차린 고죠도 이어서 입을 열었다.

"저주를 만들어내는 게 사람인 이상, 내가 맡고 있는 학생들도 언젠가는 거지 같은 인간의 악의와 마주할 때가 올 거야."

"……주술사니까요."

세계는 불합리함으로 가득 차 있다.

인간의 악의, 생겨나는 저주. 주술사뿐만이 아니라, 사람은 그러한 고통을 맛보고, 포기를 이해하고, 절망을 켜켜이 쌓아 가며 어른이 된다.

나나미는 그것을 알고 있다.

고죠는 나나미가 그렇게 완성된 어른임을 알고 있다.

그렇기에 그는 나나미에게 말했다.

"우리 같은 부류는 그런 식으로 마음에 살포된 독을 토해내는 방법을 알지. 하지만 감수성이 풍부한 시기의 청소년들은 달라. 한 번의 독이 마음을 파괴해버릴 때도 있어."

"아이에게 남은 독을 처리해주는 건 어른의 역할이죠. 그건 교직에 있는 당신이 더 잘 알고 있지 않습니까?"

"알아. 그래서 너와 이야기하러 온 거야."

유리잔에 담긴 걸 다 비운 뒤, 고죠는 바텐더에게 주문했다.

"'신데렐라' 두 잔."

"농담이시죠?"

조금 전 주문보다 한층 더 달달한 칵테일이 자신의 몫까지 준비되는 것에 나나미는 눈을 가느다랗게 좁혔다.

당연히 논 알코올. 믹스주스 부류다.

불평하고 싶은 듯한 나나미를 무시하고, 고죠는 백 바의 선반에 시선을 주며 말을 이었다.

"네게 한번 맡겨보고 싶은 아이가 있어."

"후시구로 군은 아니겠죠?"

"이타도리 유지야. 알고 있지?"

"…………죽었다고, 들었습니다만."

"저주의 왕을 품고 있잖아. '죽은 자를 부활시키는 인형' 같은 사기와는 차원이 달라."

바텐더가 유리잔 두 개를 조용히 카운터에 놓았다.

저무는 저녁 해 같은 황금빛의 액체.

칵테일의 이름을 생각해보면, 보름달의 색인지도 모른다. 혹은 이름이 거론된 소년의 머리카락 색으로 보일 수도 있겠다.

끝내 올바른 엔딩을 맞이하는 로맨티시즘이 가득한 동화처럼 그 칵테일은 달콤했다.

자신의 잔을 들고 흔들며 고죠는 이어 말했다.

"나도 바쁘니까 너랑 아무런 방해 없이 이야기를 나눌 기회는 은근히 귀해."

"당신이 지금의 주술계를 좋지 않게 보고 있다는 건 알지만, 전 이래 봬도 규정을 따르자는 쪽의 인간입니다. 스쿠나의 그릇에 대해, 당신이 어떤 생각을 하고 있는지는 모르지만……."

"스쿠나의 그릇이 아냐. 이건 어디까지나 이타도리 유지라는 한 개인에 대한 이야기야.”

“그 사실을 떼어놓고 이야기하는 것이 허용될 만큼, 그 아이가 마음 편한 처지는 아닐 텐데요.”

“유지는 말이지, 올곧은 아이야.”

고죠의 손가락 끝이 유리잔의 테두리를 덧그렸다.

현악기의 고음 같은 소리가 희미하게 울렸다.

“각오도, 담력도 있어. 전투에 필요한 결단력까지 있지. 하지만 너무 올곧다 싶은 부분도 있어. 그런 아인 한 번이라도 마음이 꺾일 때가 걱정이야.”

“그걸 제게 말해서 어떡하라는 말씀이신지?”

“말했잖아? 난 바빠. 정신적인 성장의 케어까지 신경 써줄 수 있을 거라고는 하기 힘들지. 네가 한번 맡아준다면 고맙겠어.”

“제가 그 부탁을 들어줄 것 같으십니까?”

“그래서 부탁하는 거잖아. 주술사든 아니든, 스쿠나의 그릇이든 아니든 상관없이…… 한 청소년의 건강한 성장을 바라는 어른으로서.”

경박하고, 대충대충이며, 농담인지 아닌지 알 수 없는 말을 늘어놓는 것이 고죠 사토루의 기본이다. 그렇기에 진지한 말은 들으면 알 수 있다.

“사람의 고통을 아는 어른에게 맡기고 싶거든. 바로 너처럼 말이야."

"……그런 달콤한 말을 하려고 굳이 여기까지 온 겁니까?"

"내가 달콤한 걸 좋아하는 건 너도 알잖아?"

고죠는 웃으면서 유리잔 하나를 나나미 쪽으로 밀었다.

새콤달콤한 황금색 칵테일.

청춘의 간질간질함을 담고 있는 듯한 그것을 나나미는 잠시 말없이 바라보다,

"전 좋아하지 않지만요."

특별히 신호를 주고받은 것도 아닌데, 두 사람은 유리잔에 든 내용물을 동시에 비웠다.

"달군요."

"맛있지?"

조용한 바에 대조적인 목소리가 울렸다.

주술사들의 밤이 깊어간다.

소용돌이치는 무수한 쓰라림과 혀에 남을 듯한 무수한 달콤함을 품고서.

# 제3화 암중우화

나무를 숨기려면 숲에 숨겨라.

그렇다면, 사람을 숨기려면 도시에 숨겨야 할 것이다.

따라서 진정한 인간인 주령이 도시 한복판에 은신처를 마련하는 건 당연한 이치다.

실제로는 사람이 도저히 살 수 없는 깊은 산골짜기나, 수해(樹海)와 같이 공포가 가득한 곳이 주령으로선 쾌적하게 지내기 좋다.

그래도 현대의 전복(顚覆)을 꾀하는 주령 일파로서는 침공을 하든 후퇴를 하든, 시가지에 거점을 만들 의의는 충분했다. 그리고 그 경우, 가능한 한 부정적인 정념이 모여드는 곳이 바람직하다.

그러한 이유로, 어느 사기 업체의 직원들이 몰살당했다.

"이런 부류는 편해서 좋아. 사람들 눈에 띄지 않는 곳을 둥지로 삼고 있는 데다가, 무리를 짓고 있으니까 한꺼번에 청소하기도 쉬워."

타고 남은 찌꺼기를 발로 짓이기며 죠고가 웃었다.

약 2분 전만 해도, 사무실에는 사람이 여섯 명 정도 있었다.

어떻게 처리할지 이리저리 궁리해봤지만, 태우는 것이 가장 간편하다는 이유로 죠고가 후딱 재로 만들어버렸다.

“그런데 인간이 사용하던 건물이잖아? 관리하던 사람이 있으면 귀찮아지는 거 아냐?”

선반을 장식하고 있는 졸부 취향의 항아리를 쿡쿡 찌르며 묻는 마히토.

그런 걱정은 할 필요가 없는지, 죠고가 웃음을 지으며 대답하려 했지만, 의미를 이루지 못하는 음성이 끼어들었다.

“  ”

“에잇. 네놈은 떠들지 마, 하나미! 머리가 근질근질하다고!”

의미를 이루지 못하는 소리에 불과한 하나미의 말은 어째서인지 의사가 머리에 직접 전달된다. 그 감각이 불쾌한지, 죠고가 짜증을 부렸다.

또 그러냐는 눈으로 바라보는 마히토를 보고, 죠고는 여전히 짜증을 섞어 설명했다.

“흥…… 그 뭐냐, 걱정하지 않아도 게토에게 문제없는 놈들을 물어보고 왔어. 이런 부류의 뒤가 구린 인간들은, 윗선들이 금기에 대해 잘 안다고 하더군.”

“흐음~. 저주의 짓이란 걸 알고 있으면, 오히려 다가오지 않을 거란 거군.”

"그래. 그렇지 않아도 여긴 정상적인 사람은 가까이 오지 않는 곳이야. 도시 한복판에 마련할 은신처로는 안성맞춤이다."
"그런가?"
"뭐야, 마히토. 불만스러워 보이네. 걱정할 게 뭐가 있지? 시가지에서 일을 벌일 준비를 하기에도, 아차 싶을 때 즉시 도망을 치기에도 나름 좋은 입지 조건이잖아?"
"음~…… 그건 그렇지만."
"뭐야? 빨리 말해."
"이 방, 센스가 안 좋은걸."
"뭐어?"
펑. 죠고의 머리에서 작은 폭발이 일어났다. 가느다랗게 좁혀진 외눈이 완만한 산 같은 라인을 그렸다.
"천박하잖아. 번쩍번쩍한 항아리에 금붙이 사자 장식물. 싸구려 장식장도 그렇고."
"무슨 소릴 하는 거야! 어디서 영향을 받은 건지 모르겠지만, 요즘 왜 이렇게 그런 쪽으로 시끄럽게 굴어?"
"영화야."
"영화? 인간의 표면을 예쁘게 갈고 닦아 번듯하게 칠해놓은 그런 게 재밌나?"
"영혼의 구조를 고찰하는 것에 참고는 돼."

마히토는 애매한 웃음을 지었다.

만약 인간이 그를 볼 수 있었다면, 초등학생이 독후감으로 익힌 지식을 자랑하듯 살짝 의기양양해하는 기색이라고 생각하지 않았을까?

"솔직히 말하면 나도 이야기는 그다지 재밌지 않은데, 인간의 시각적인 미적 센스는 싫지 않거든. 물론 이 방은 쓸데없는 색이 많아서 눈이 피곤하지만."

"주저리주저리 애들 같은 소리를……. 거슬리는 게 있으면, 태워버리든 버리든 하면 되잖아."

"아냐. 난 내 나름대로 편히 있을 수 있는 곳을 찾아볼게."

"뭐? 앗, 잠깐. 어딜 가는 거야?"

죠고의 대답을 기다리지 않고 등 뒤로 손을 팔랑팔랑 흔들며 마히토는 연기처럼, 혹은 산들바람처럼 어디로 사라져버렸다.

"어휴. 인간의 두려움에서 태어난 탓인지, 저 녀석은 저주로서 봐도 너무 경박한 구석이 있어. 영화 따위……."

투덜투덜 중얼거리며 죠고는 호주머니에서 파이프를 꺼내 입에 물었다.

파이프라고 해도 인간의 담배에 가까운 것이 아니라 연기를 빨아들이면 비명을 지르는, 얼굴처럼 생긴 무언가의 형태를 한 파이프지만.

“그나저나, 마히토 녀석.”

죠고는 외눈으로 실내를 빙글 둘러보았다.

“……그런 말을 하니 괜히 나까지 흉해 보이기 시작했잖아.”

“ [illegible] ”

“넌 닥치고 있으라고 했지!!”

편안한 은신처란 자신의 발로 찾아야 발견할 수 있는 것이다.

마히토는 신호등을 마주칠 때마다 좌우로 번갈아 길을 꺾기도 하고, 길고양이와 함께 산책을 하거나 구름의 형태가 마음에 드는 방향으로 걸어가기도 하면서 거리를 산책했다.

그렇게 길을 돌아다니다 보면, 마히토는 인간이 얼마나 우스꽝스러운지 절실히 느끼게 된다.

이곳은 인간의 거리인데 거리를 오가는 그 누구도 마히토보다 자유롭게 걸어다니지 못했다.

모두가 답답해 보이는 속박과 허세에 사로잡혀서 넓고, 깊고 커다란 도시를 좁은 시야로 살아간다.

머리 위에 펼쳐진 하늘이 무한하다는 것도 알지 못한 채, 스스로 구획을 나누어버린 석조 도시를 영혼의 인식으로 더욱 촘

촘하게 분리해, 좁고 비굴하게 생활한다.

마히토는 인간의 개념을 언어로 몇 가지 배웠다.

그들은 그것을 이론이라 부르고, 그들은 그것을 상식이라 부르며, 그들은 그것을 감정이라 부른다.

영혼이 외적인 자극을 받아들여 대사(代謝)한 것에 불과한 기계적 작용.

그런 것에 몸을 지배당해 타인의 시선을 두려워하고, 세상의 평가에 알랑거리며, 자유를 손에서 놓아버리고 살아간다.

"——아깝게시리."

모두가 인간이 스스로 만들어낸 허식의 족쇄에 묶여 있다.

그러니 저주와 인간이 바뀌어야 한다. 이 광활한 하늘 밑에서 꼴사납게 기어 다니는 것밖에 할 수 없다면, 세계를 양보해야 한다.

마히토는 생각한다.

영혼이 움직이는 대로 생각하고, 바람이 부는 대로 걸으며.

이윽고 태양이 서쪽 하늘에 기울기 시작한 무렵, 강물이 졸졸 흐르는 소리가 들려왔다.

"나쁘지 않은걸?"

마히토가 발견한 은신처는 강을 가로지르는 다리 아래,

가람(伽藍)처럼 뻥 뚫려 있는 터널이었다.

터널 안에는 배관 같은 것들이 지나고 있고, 맑은 물이 강을 향해 흐르고 있었다. 생활 하수를 정화해 강으로 흘려보내고 있는 것 같아, 불쾌감은 별로 들지 않았다.

공기가 눅눅하고 이끼가 내뿜는 듯한 독특한 풀냄새가 났지만, 날아다니거나 뛰어다니기 충분한 넓이와 콘크리트의 싸늘한 질감이 마히토를 시원하게 맞이했다.

주령이 좋아하는 계절이 있다.

인간의 부정적인 정념은 겨울의 끝자락부터 봄에 걸쳐 축적된다.

그리고 그게 숙성되는 피크라 할 수 있는 것이 바로 장마철.

축축한 터널 내부엔 장마철의 공기가 있었다. 그와 함께 펼쳐진 어둠에는 두려움을 쉽게 배양하는 음기가 있었다. 그것들은 마히토의 피부를 촉촉하게 적셔주는 듯한 편안함을 느끼게 했다.

"좋아. 이곳으로 하자."

살 집을 고를 때는 느낌을 따르는 것이 좋다.

아마 인간들도 그러는 것이 좋겠지만 인간들은 쉽게 결정을 내리지 못할 부분도 마히토는 망설이지 않고 결단했다. 흘러가는 것이 자유라면, 자리를 잡는 것도 자유다.

똑똑, 단단한 감촉이 돌아오는 콘크리트 바닥을 기분 좋게 두드리며 마히토는 터널 내부로 발을 내디뎠다.

아늑해 보이는 공간에 영혼의 대사가 매끄러워졌다.

그런데.

"어라?"

조금 걸어 들어가자, 마히토는 '그것'의 존재를 깨달았다.

처음엔 인간이 불법으로 투기한 쓰레기 같은 건 줄 알았다. 포댓자루 같은 실루엣이 벽에 가만히 기대어 있었다.

언뜻 봤다면 너덜너덜한 천 조각을 뭉쳐놓은 덩어리로 보였을지도 모른다.

그러나 그것에는 영혼의 형태가 있었다.

——호오. 살아 있잖아?

마히토가 느낀 대로, 그것은 인간이었다.

너덜너덜한 천을 몸에 두른 데다, 덥수룩하게 자라난 머리카락과 수염이 사람다운 실루엣을 가리고 있었지만 그것은 확실히 인간이었다.

생김새로는 나이를 확실하게 알 수 없다. 60세 정도인지, 80을 넘었는지는 알 수 없지만 어쨌든 노인으로 보이는 윤곽을 하고 있다.
조금 귀찮은걸. 마히토는 생각했다.
모처럼 찾아낸 은신처에 자리를 잡고 있는 선객.
물론 치워버리는 건 간단하지만, 마히토로서는 새로 이사 온 집의 벽에서 얼룩을 발견한 것 같은 불쾌감을 느꼈다.
어쨌든, 치워버릴 거면 어서 치워버리자.
그렇게 생각한 마히토는 작게 한숨을 쉬며 노인에게 손을 뻗었다.
그러자, 갑자기 노인이 입을 열었다.
"……불쾌하다면 미안하군."
"음?"
"무엇을 하러 왔는지는 모르지만…… 나 같은 늙은이가 살고 있어서 기분이 안 좋아진 걸 테지. 하지만 나도 달리 갈 곳이 없어서 말이야."
마히토는 잠시 할 말을 잃었다.
노인은 명백히 마히토를 의식하며 말하고 있었다. 이것이 인간과 인간의 대면이라면, 전혀 놀라운 일이 아니다.
그러나 마히토는 주령이다.
평범한 인간의 눈이 주령을 존재로서 확실하게 포착할 수는 없다.

물론 완전히 불가능한 일은 아니다. 선천적으로 주력을 가지고 태어났다면, 주령을 인식할 수 있는 인간은 그리 드문 것이 아니다.

마히토의 흥미를 끈 건 노인에게 '눈'이 없다는 사실이었다.

물리적인 의미로 안구가 없다. 본래 눈이 있어야 할 두 개의 눈구멍은 애처로운 화상 흉터로 막혀 있었다.

주술사도 눈으로 세상을 본다.

주령을 인식하는 것에 시각을 의지한다. 그렇기에 대부분의 주술사는 시선을 가리기 위해 선글라스 등을 이용한다. 주령이 알아차리지 못하도록, 혹은 저주가 일상적으로 넘쳐나는 세계에서 정신의 균형을 유지하기 위해.

그런데 이 노인은 그렇지 않다.

"내가 보이는구나?"

마히토가 묻자, 노인은 조용히 고개를 끄덕였다.

"느끼고말고."

"넌 세계를 보지 못하는데도?"

"물론이지. 풍경은커녕 네가 어떤 얼굴인지, 어떤 피부색인지. 그리고 남자인지 여자인지도 애매해. 그래도…… 네가 그곳에 있다는 건 안다."

"……당신, 주술사인가?"

"아마도 아닐 거라고 생각한다만."
"애매한걸. 자신의 일인데 말이야."
"상당히 오래전부터 나에 대한 것이 가장 애매했지."
조금 기묘한 것을 깨달았다.
마히토는 인간의 영혼의 형태를 느낄 수 있다.
영혼이 뾰족뾰족한 형태이거나, 혹은 힘없이 시들어 있거나, 튀어 오르듯 흔들리는 등의, 그런 대사 작용을 안다.
그런데 노인의 영혼은 거의 아무런 대사가 없었다.
바람이 불지 않는 초원처럼. 파도가 치지 않는 바다처럼. 구름이 없는 파란 하늘처럼.
아니, 비유한다면 돌이 가장 적합하리라.
길가에 놓인 돌멩이 같은 영혼. 꾸며지지 않고, 닦여 있지도 않고. 움직이지 않고, 흔들리지 않는. 이끼가 끼는 대로 조용히 평온한 시간을 보내고 있다.
노인의 영혼은 그런 형상을 하고 있었다.
아무리 평온해도, 아무리 늙었어도, 사람의 영혼은 흔들리고 움직인다.
나이를 먹는다고 해서 상식이 사라지는 것은 아니며, 사욕은 씻어내지 못하고, 공포는 극복할 수 없는 것이다.
그런데 노인은 달랐다.

노인의 영혼은 평온했다. 시간과 함께 썩어 사라진다는 것을 진심으로 받아들이고 있다. 그렇다고 해서, 부자연스럽게 목숨을 버리지도 않는다. 진정한 의미로 자연적인 존재에 가까운 것.

그것은 마히토가 처음으로 만나보는 부류의 인간이었다.

터널은 마히토의 일시적인 거처가 되었다.

어디에서 가져왔는지, 마히토는 터널 배관에 해먹을 걸고 느긋하게 누워, 독서 등을 하며 시간을 보냈다.

무인도 생활을 그린 영화에서 내일을 살아가기 위해 필사적이던 인간이 해먹을 만들어 잠깐이나마 안식을 되찾는 장면이 있었다. 누워 있는 모습이 상당히 기분 좋아 보였기에 흉내를 내봤더니, 꽤 괜찮았다.

도시의 소란함이 닿지 않는 터널 속에선 귀를 쓰다듬고 지나가는 물결 소리만이 BGM이 되었다. 영혼을 조용히 안정시키기에 좋은 환경이다.

마히토는 유유자적하게 서적으로 지식을 얻으면서 때로는 멍하니 천장을 바라보았다. 혹은 그와 완전히 같은 상태로 구석에 앉아 있는 노인을 내려다보기도 했다.

"어떻게 살아 있는 건지 신기한걸."

마히토는 결국 노인을 죽이지 않았다.

노인이 조금도 마히토를 방해하지 않았다는 점이 컸다. 있어도 없어도 마찬가지라면, 처리하는 것이 일이라고 생각했다.

노인은 길고양이보다 조용히, 그리고 마음대로, 그저 그곳에 있었다.

마히토가 쌓은 지식 중에 '인간은 생각하는 갈대다'란 말이 있다.

잡초 같은 인간의 연약한 면을 나타내면서도, 영혼이 사고에 묶여 있는 모습을 자랑스러워하고 있다는 부분이 웃겨 마음에 든다.

그 노인은 생각하지 않는 갈대라고 할 수 있었다.

아니, 더 고요한…… 예를 들면 잔디나 이끼 같은 부류일지도 모른다. 어쨌든 노인은 아무런 말없이 그곳에 존재했다.

때때로 어딘가로 훌쩍 나갔다 싶으면, 어느 틈엔가 돌아와 잠들어 있다. 어딘가에 가서 식사를 하는 걸지도 모르지만 살이 붙는 기색도 없다. 10 정도였던 몸이 8 정도로 마르면 다시 10으로 돌아오게 할 뿐인 섭식 행동이리라.

그런 삶의 방식이 너무나도 자연스러워서, 생명이라기보다는 그저 현상인 것처럼 느껴진다.

"그래서 내가 보이는 건가?"

문득, 그런 의문이 입 밖으로 튀어나왔다.

마히토는 딱히 노인에게 말을 건 것이 아니었다. 우연히 그런 말투로 튀어나왔을 뿐인 혼잣말이었다.

그러나 노인의 영혼이 그 혼잣말에도 아무런 일렁임이 생기지 않는 걸 보고, 마히토는 드디어 노인에게 말을 걸어보기로 했다.

"당신은 언제부터 여기에 있었지?"

"글쎄. 몇 번 정도의 겨울을 넘긴 것 같은데——확실하지는 않군."

조용히, 중얼거리듯이 노인이 대답했다.

영혼을 가진 존재가 둘이 있고, 서로를 인식하고 있다면 가끔은 대화를 나누는 편이 자연스러운 거구나, 하고 마히토는 느꼈다.

"심심하지는 않아?"

가볍게 말을 걸자, 노인도 가벼운 목소리로 대답했다.

"심심해하는 방법을 잊어버렸거든."

"보통은 여기서 어떤 식으로 시간을 보내지?"

"아무것도. 그저 소리를 듣는다."

“소리?”
“물이 흐르는 소리.”
“……그거, 재밌어?”
“재미있지는 않지. 하지만 재미를 즐기는 방법도 이미 오래 전에 잊어서, 곤란하진 않아.”
그렇군. 마히토는 고개를 끄덕였다.
이 노인은 심심함을 고통이라 여기지 않을 만큼, 영혼이 마모된 걸지도 모른다.
어쩌면 마모가 아니라 연마된 것일 수도 있다.
도시의 사람들은 부족함을 고통스러워하고, 괴로움을 탄식하며, 충만해지면 그 이상을 갈구한다. 부정적인 감정이란 군살을 비축하여 영혼이 피둥피둥 살쪄간다.
그 점에 있어서, 마히토의 눈에 보이는 노인의 영혼은 야위긴 했어도 맵시가 있다고 할 수 있었다.
충만하여 살이 오른 인간들의 영혼은 충만해진 지금을 잃을지도 모른다는 공포를 만들어내고 그게 바뀌어 저주가 된다.
“당신은――부르기 불편한걸. 이름이 뭐지?”
마히토가 묻자, 노인은 찰나의 순간 허공을 보았다.
“버렸다. 부르고 싶다면, 좋을 대로 부르면 돼.”
“이름이 없는 인간도 있어? 저주에게도 이름은 있는데.”

"사람을 만나지 않으면 필요가 없으니까."
"없으면 곤란하잖아."
"어떠한 때를 말하는 거지?"
"무덤에 들어갈 때."
"이름이 필요한 무덤엔 들어가지 않아. 무연고 묘지에 던져지거나, 아마 아무도 모르게 썩어 없어져 흙으로 돌아가겠지."
"농담도 안 통하는 거야?"
"……농담이었나?"
노인은 웃지 않았고, 마히토도 웃지 않았다.
다만, 마히토는 노인의 반응에서 겉모습과는 다른 앳된 면을 느꼈다. 집착이 없기에 오는 무구한 성격이 노인을 외양보다 젊게 만들고 있는지도 모른다.
노인에 대한 흥미가 뭉게뭉게 피어올랐다.
처음 보는 타입의 인간이 가진, 처음으로 느끼는 형태의 영혼. 마히토에겐 진귀한 샘플 케이스다.
대체 어떤 인생을 살면, 이런 인간이 만들어지는가.
이런 인간의 영혼은 어떤 형태로 주물러야 재밌는가. 이런 인간을 이용해서 어떤 일을 꾸밀 수 있는가.
그리고──이런 인간에게선 대체 어떤 저주가 생겨나는가?
흥미를 느끼며 마히토는 노인과 대화를 나누기 시작했다.

"당신은 왜 이곳에 있지?"

"………… 왜냐고?"

노인은 엄청나게 자란 앞머리 너머로 천장을 올려다보았다.

눈은 막혀 있다. 아무것도 보이지 않을 텐데, 인간은 그래도 생각에 잠길 때는 아무것도 없는 곳으로 시선을 던지나 보다. 마히토는 호기심을 한 가지 채웠다.

"아무리 당신이라도 터널에서 태어나고 자란 건 아닐 거잖아? 인간이라면, 그 소란스러운 도시에 있었을 거 아냐."

"아. 그야, 그렇지. 옛날엔 나름 바쁘게 살았어. 집안을 이어받고, 일을 하고, 돈을 벌어서 가족을 부양했지."

"그럭저럭 지위가 높은 인간이었다는 말이군."

"인간 사회에선 그랬지. 지금 생각해보면, 딱히 의미가 있는 건 아니었어."

"그랬는데 어째서 생쥐처럼 땅굴 생활을 시작했지?"

"그전까지 지녔던 지위와 돈, 있어야 할 장소까지 전부 잃고 말았으니까."

"잃었다고?"

"사기였다. 그때, 눈도 불에 타서 빛까지 잃고 말았어."

마히토는 문득, 죠고가 덮친 회사를 떠올렸다.

"남에게 속았다는 건가. 사람이 꽤 착했나 보지?"

"속아도 상관없었으니까."

"이상한 영감이네. 남에게 속고 좋아하는 취미라도 있나?"

"누가 속이려고 한 시점에 이미 그것밖에 안 되는 인간이었다는 뜻이지. 상대방은 내 옛 친구와 내 아내였어. 사고를 빙자해서 눈을 지졌지. 사태를 파악했을 땐, 돌봄이 필요하다는 명목으로 모든 권리를 빼앗긴 뒤였다."

"꽤나 대단하게 속았네. 그런데 마치 남의 일처럼 말하는군."

"둘은 서로를 사랑했고 난 누구에게도 사랑받지 못했어. 속았다는 것보다 그것을 알았다는 사실이 내겐 중요했다."

마히토는 노인의 말을 해석하는 것이 어려웠다.

사랑. 그게 그렇게나 중요한 단어인가?

세상에는 사랑에서 태어나는 저주도 있다고 한다. 그중엔 말도 안 되게 강력한 것도 있었다고 한다. 하지만 사람이 사람을 사랑하는 메커니즘이 고양이가 모포에 집착하는 것과 어떻게 다른지 마히토는 이해되지 않았다.

그러나 인간이 그것에 집착한다는 건 지식으로서 안다.

"널 속인 자들을 저주하진 않았나?"

"딱히."

"딱히라. 그런 상황이면 인간은 보통 화를 내거나 원망을 하면서 영혼을 부정적인 형태로 변성시킬 텐데."

"맞아. 하지만 아마 내겐 복수를 하겠다거나, 혼쭐을 내주겠다는 그런 생각을 할 에너지가 없었던 거겠지."

"……그렇군."

마히토는 고개를 끄덕이고 분석했다.

인간이 가진 감정의 움직임을 상상할 수 있는가 하는 문제는 제쳐두고, 마히토가 지금까지 공부해 온 영화와 소설, 시가, 그리고 주물러 온 인간들. 그러한 샘플을 종합해, 노인의 이야기를 이해하는 건 가능했다.

"즉, 당신은 절망한 거다. 영혼이 빈사 상태에 빠질 만큼 말이지. 그래서 원망이나 저주를 만들어내는 단계를 뛰어넘어, 이렇게 돼버린 거야."

노인은 천천히 고개를 가로저었다.

"실망은 했을지도 모르지. 다만 자네는 내가 극렬한 절망을 겪었다고 생각할지도 모르겠군."

"실망과 절망이 다른가?"

"다르지. 이것만큼은 경험하지 않으면 알 도리가 없겠어."

노인은 기억을 더듬듯이 고개를 들었다.

"타오를 듯한 분노도, 탁류와 같은 슬픔도 없었다. 난 그저…… 지쳐 있었던 걸 테지. 일과 명성, 지위, 책임, 교류, 재산, 가문의 이름. 아마도…… 그런 이런저런 것들에 말이야.

지치고 지쳐서, 완전히 마모돼 있었어."

"그래서 마지막엔 속아 넘어가고도 분노하지 않았다?"

"편해졌지. 실망이란, 영혼이 가벼워지는 것을 뜻하거든."

노인의 목소리는 평온했다.

탁한 물을 걸러 정화한 것 같은 청명한 싸늘함이 그 목소리에 존재했다.

"빚도, 돈도, 사랑도 전부 잃은 뒤에…… 거리를 걷다가 문득, 전부 아무래도 상관없어졌어. 그렇게 바라본 거리가 전혀 다른 풍경으로 보였지."

"눈이 안 보이는데도?"

"그래. 아무것도 보이지 않으면, 무한하게 확산하는 소리와 바람밖에 남지 않아. 도시의 구획을 나누는 벽조차 사라져서 그저, 그저, 별이 뜨지 않은 밤하늘 같은 어둠이 끝도 없이 펼쳐지지. 세계가 이렇게 넓었구나 하고, 처음으로 깨달았다. 그리고…… 아아, 난 자유롭구나. 그렇게 느꼈지."

마히토는 눈을 깜빡였다.

노인의 사고는 마히토가 지금까지 모아 온 그 어느 인간의 케이스와도 맞아떨어지지 않았다. 과거를 들은 뒤에도 마히토는 노인의 사고가 이해되지 않았다.

단, 노인은 마히토의 눈에도 확실히 자유로워 보였다.

터널 속에 있으면서도 노인은 하늘이 넓다는 걸 알고 있었다.

거리를 자유롭게 오가는 훌륭한 지위의 그 어느 인간보다, 노인은 그것을 잘 안다. 하늘의 광활함을, 바람이 부드러움을, 물소리의 다정함을 안다.

낙오자로밖에 보이지 않는 노인은 재산과 지위가 없어도, 더욱이 사람과의 연결마저 잃었기에…… 무엇보다도 얻기 힘든 '자유'라는 두 글자를 알게 되었고, 그것을 발견하게 된 것인지도 모른다.

집착하는 일 없이, 두려워하는 일 없이——저주하는 일 없이. 그저 존재하고, 그저 살아간다.

"방황하는 이들 모두가 길을 잃는 것은 아니란 건가."

"톨킨의 말을 인용하기엔 음울한 이야기 같지만 말이야."

우연히 읽은 책에서 인용한 어구를 노인이 즉시 알아듣기에, 마히토는 웃었다.

"독서가였나?"

"지식으로서 머리에 욱여넣었던 것뿐이지."

"박식한 건 좋은 일이야."

두려움에서 저주를 만들어내는 것을 인간이라 한다면, 이 노인을 과연 인간이라 불러도 될까?

지금의 마히토를 희로애락으로 표현하기는 어렵다.

하지만 평온했다.

인간과 접촉한 이후, 처음으로 마음이 평온해졌다.

"이 세상의 인간이 전부 너 같았다면——난 태어나지 못했을 거야."

마히토는 손에 들고 있던 책으로 시선을 되돌렸다.

노인은 여전히 허공을 바라보며 다시 침묵에 빠졌다.

저주는 인간에게서 태어나지만 저주는 인간을 죽인다. 공생의 길은 있을 수 없다.

그래도 이 터널 내부에선 저주와 인간의 공존이 있었다.

일그러져 있지만 평온한 시간이 완만하게 흘러갔다.

사람이 사람을 증오하고 두려움을 품는 건 당연한 이치다.

사람에게는 영혼이 보이지 않기 때문에 타인의 감정을 상상한다.

그리고 자신의 감정에 휘둘린다.

그것이 단순히 자극에 대한 반사 작용이며 영혼의 대사 작용이라는 걸 모른다. 자신의 영혼이 어디에 있는지조차 모르는 것이다.

마히토는 고찰한다.

맹인 노인은 빛을 잃고 사람과의 관계를 잃음으로써 영혼이 받는 자극이 적어졌다.

그런 식으로 외부의 쓸데없는 것에 좌우되지 않게 되었기에 자신의 내면과 마주하는 일이 많아진 것으로 여겨진다.

"승려들의 수행과 가깝군. 내향성이 강하면 자신의 영혼과 마주하는 시간이 늘어나지."

마히토는 너덜너덜하게 닳은 반야심경을 빠르게 읽어내리며 거리를 거닐었다.

경전은 영혼의 컨트롤 교본이다. 과거의 인간은 영혼과 물질을 떼어놓는 방법을 그럭저럭 연구하고 있던 것 같다.

노인의 삶은 의도치 않게 그러한 경지에 도달해 있었다.

그렇기에 어둠 속에서 영혼을 감지하는 법을 익힌 것이리라. 마히토는 노인이 저주를 인식하는 이유를 그렇게 결론지었다.

"자질은 원래 있었겠지만…… 적어도 내향적인 인간은 개화가 쉽다고 볼 수 있을 것 같아."

노인을 더 깊게 고찰하면 주술사의 수련에 대해서도 이것저것 추측할 수 있을지 모른다. 그리고 주력의 발현을 촉진하는 방법도.

그렇다면 재능이 있는 인간을 주술사나 주저사로 '만들어내는 것'도 가능하겠지.

저주가 주저사를 준비해 주술사에게 보낸다.

그것은 꽤 재밌는 시도일지도 모른다. 저주를 퇴치하는 것보다 인간과 싸우게 하는 것이 인간의 영혼을 뒤흔들기 쉽다. 스쿠나의 그릇도 예외는 아니리라.

그렇지만.

──조금 더 나중에 해도 상관없으려나.

그렇게 마히토는 느긋하게 생각했다.

마히토는 자유롭다. 움직이고 싶을 때 움직이며, 쉬고 싶을 때 쉬면 된다. 계획을 적극적으로 실행하는 건 지금 같은 기분일 때는 아니다.

그보다 지금은 지식을 축적하고 생각에 골몰하고 싶다.

새로운 책도 몇 권 더 들였다. 고요한 터널 속의 편안함에 잠겨 환상 문학을 읽고 싶다.

마히토의 발걸음이 가벼워졌다. 인파의 흐름에 순응해 걸으며 콧노래까지 흥얼거리기 시작했다.

문득 빌딩 사이에서 시끄러운 목소리가 들려왔다.

"──열 받는단 말이지."

시선을 돌리니, 젊은 인간이 두 명 있었다. 장발에 홀쭉한 남자와 체격이 좋은 스킨헤드의 남자. 이른바 '질이 안 좋아 보이는 인간'에 속하는 부류.

어쩐지 기분이 좋지 않아 보이는 스킨헤드의 말을 장발 남자가 헤실헤실 웃으며 듣고 있는 상황이었다.

"짜증이 나. 이놈이고, 저놈이고 세상 나쁜 척은 다 하고 다니면서 허세만 부린다고 할까, 입만 살았다고 할까. 결국은 변명을 하고 있을 뿐이야. 그런 자식들, 확 죽여버리고 싶다~~"

"말은 그렇게 하지만 막상 정말로 죽여버리고 싶을 만큼 열 받았다고 해서 실제로 죽일 수 있느냐 하면, 죽일 수 있겠어?"

"죽일 수 있어. 살인 정도는 별거 아냐."

"에이~."

마히토는 눈을 가늘게 뜨고 대화를 흘려들었다.

욕망에 솔직한 언동에 호감이 들지 않는 건 아니다. 하지만 이런 부류의 사람들이 가장 '입만 산' 부류라는 걸, 마히토는 안다.

"아~ 정말 누구든 상관없으니까 확 죽여버리고 싶다."

그럼 말로만 하지 말고 죽이면 될 텐데.

차라리 그 몸에 '사람 죽이는 법'을 실천해줄까 하는 생각도 들었지만 마히토는 앞으로 뻗으려던 손에서 책의 무게를 느끼고 그만뒀다.

이런 것에 상관하기보다 지금은 어서 편안한 터널로 돌아가

책을 읽고 싶다.

"죽일 거야."

웅얼웅얼 떠드는 스킨헤드의 목소리는 마치 주문 같았다.

그러나 그것에는 그 어떤 힘도, 마음도 깃들지 않으리라. 빌딩들 사이에 틀어박혀 혼잣말을 늘어놓는 것이 고작이다.

기껏해야, 넓은 세계를 즐기고 있다고 착각하며 좁은 뒷골목에 파묻히겠지.

마히토는 시선을 돌리고 귀갓길에 올랐다.

"그레고르는 왜 벌레가 됐을까?"

마히토는 소설에 시선을 둔 채로, 갑자기 노인에게 물었다.

프란츠 카프카의 유명한 소설이다.

인간이 어느 날 갑자기 독충으로 변해버린 이야기다.

"벌레는 비유라는 게 통설이다."

"비유?"

"인간이 벌레를 대하는 것처럼 그 사회에서 배척당하고 미움받으며 학대받는 위치가 되었다는 뜻이지. 예를 들어 어느 날 갑자기 남에게 속아 눈이 불에 탄 노인처럼."

"그거, 농담이야?"

"그렇지도 않아."

담담하고 감정이 없다. 하지만 말을 던지면 대답이 돌아온다. 노인과의 대화는 마히토에게 있어 사전과 대화하고 있는 것 같은 느낌을 주었다.

노인에겐 지식이 있었다.

그 지식을 알기 쉬운 말로 풀어서 대화하는 지성이 있었다.

정신의 애매함과 인간의 문화.

소설과 영화를 통해 인간의 영혼을 분석하려 하는 마히토에게 있어 노인의 지식과 대화는 나름의 도움이 되었다.

인간은 어떤 때에 분노하고, 인간은 어째서 슬퍼하는가.

어떻게 하면 인간이 타인을 믿으며, 그리고 어떻게 배신당하는가.

인간과 다른 윤리관을 가지고 살고 있는 마히토에게는 분석이 어렵던 많은 지점을 노인은 설명하며 이해를 도왔다.

인간답지 않은 노인이 인간 속에서 살아온 경험이 마히토는 무척 흥미로웠다.

"결국 벌레가 된 그레고르는 숨어 있으라는 말을 듣고도 사람들 앞에 나와 파멸하게 됐는데……. 영감, 이건 어째서라고 생각해?"

"도망만 치는 인생에선 평화를 얻는 것이 불가능하지."

"그거, 버지니아 울프의 말을 인용한 거잖아."

바로 출처를 맞춘 마히토를 향해 노인은 희미하게 눈썹을 들어 올렸다.

"자네도 상당한 독서가로군. 대화에 스트레스가 쌓이지 않아서 좋아."

"당신은 사람들에게 돌아가고 싶다는 생각은 안 들어?"

"인간 세계에 애착이 없으면 도망칠 필요도 그리고 맞설 필요도 없지."

"그렇군."

마히토는 책에 시선을 고정한 채로 대꾸했다.

눈으로 보지 않아도, 어둠 속에선 여전히 그저 평온하기만 한 영혼의 불이 빛을 밝히고 있다. 마히토는 그 영혼의 빛을 어둠을 밝히는 촛불 삼아 책을 탐독했다.

어둠 속에서 고요한 시간이 흘렀다.

터널 밖에선 여름이 끝을 맞이하는 기운이 숨을 죽이고 다가오고 있었다.

끝은 갑작스럽게 찾아왔다.

어느 날, 훌쩍 거리를 거닐다가 버려진 시집을 주워들고 터널로 돌아온 마히토는 있을 리 없는 소란을 느꼈다.

영혼의 일렁임이 하나, 둘, 셋.

하나는 익숙한 형태였지만 몹시도 가냘팠다. 꺼지기 직전의 촛불이 바람에 흔들리고 있는 것 같았다.

마히토는 평소와 다를 바 없는 걸음걸이로 터널 안에 발을 내디뎠다.

노인은 역시 그곳에 있었다.

평소와 달랐던 것은 노인이 기묘한 자세로 쓰러져 있다는 것.

그리고 노인을 사이에 두고 두 젊은 남자가 그를 내려다보고 있다는 것.

"야——큰일 난 거 아냐? 정말로 죽어버렸잖아."

장발의 마른 남자가 딱히 다급하지도 않은 목소리로 말했다.

"말했잖아. 살인쯤은 별거 아니라고 말이야."

체격이 좋은 스킨헤드 남자가 가벼운 목소리로 대답했다.

"그냥 울컥한 거였잖아?"

"비실비실한 주제에 건방지게 나가라고 하니까 그러지. 날 뭐로 보고. 그러니까 당연히 발로 차 줄 수밖에 없지 않겠어?"

하고 있는 운동이라도 있는지, 스킨헤드의 다리는 통나무처럼 굶었다. 노인 한 명을 걷어차 죽이는 건 빈 깡통을 납작하게 만드는 것보다 쉬울 것이다.

남자는 노인에게, 노인의 목숨에, 영혼에, 정말 한 조각의 관심도 없는 듯했다.

이유가 있는 것도, 원한을 품은 것도 아니고, 명확한 살의조차 없다.

그저 우연히 이 터널에 온 것이리라. 그냥 울컥해서 마음껏 폭력을 휘두른 것이리라. 내키는 대로 패버린 것이리라.

그러한 삶은 인간으로서 자유라 할 수 있다.

마히토는 몸을 굽혀, 노인의 얼굴을 들여다보았다.

눈에 화상 흉터가 있는 그 얼굴은 구타로 인해 부어 있었다. 그러나 이 지경에 이르러서도 노인의 얼굴은 역시 평온했다.

"죽는 건가?"

마히토가 혼잣말을 하듯이 툭 물었다.

"…………그런가, 보군…………."

노인은 꺼질듯한 목소리로 대답했다. 이젠 목을 움직일 힘도 거의 남지 않았을 것이다. 큰 목소리로 떠들고 있는 남자들에겐 그 목소리가 들리지 않는 듯했다.

마히토는 노인의 영혼을 가만히 관찰했다.

고요했던 그 영혼은 흔들리지 않고, 분노도 슬픔도 없이, 그저 천천히 생명의 끝을 맞이하려 하고 있었다.

마히토는 감탄했다.

이 노인은 진정한 의미로 자유롭다. 이 세계의 모든 속박에서 벗어나 있다. 그건 죽음 앞에 도달한 순간에도 변하지 않았다.

그것을 자신의 눈으로 확인할 수 있었던 것에 마히토는 적지 않은 안도를 느꼈다. 화초가 시드는 순간을 바라보듯, 마히토는 노인의 죽음을 바라보았다.

그런데──.

"영감?"

예감이 들었다.

책의 페이지를 넘기고, 원하지 않은 전개를 보게 될 듯한. 화려하게 장식된 상자에 담긴 것을 열기 전에 알아버릴 듯한.

그런 술렁임이 마히토의 가슴에 퍼져나갔다.

더는 보고 있으면 안 된다는 본능적인 경종에 마히토가 당황해하고 있는 사이, 모든 것은 끝을 향하고 있었다.

"……………홀로, 죽음을 맞이할 거라고 생각했어."

노인의 영혼이, 희미하게 일렁였다.

부어버린 얼굴에 미소를 띠고.

"……………이 늙은이의 임종을……… 누군가가 지켜주다니………."

그 일렁임은 수면에 떨어진 한 방울의 물처럼 미미한 것이었을지도 모른다.

그렇다고 해도, 죽어가는 한순간.

마지막의 마지막에 이르러, 노인의 영혼은 '대사(代謝)'했다.

"………………고, 맙…………………."

그렇게.

노인은 마지막에 웃으며 생을 마쳤다.

"…………………."

마히토는 눈을 크게 뜨고, 잠시 굳어버렸다.

다른 인간과는 다르다고 생각했다. 진정으로 자유로운 인간이라고 생각했다.

그 달관은 이 세상의 모든 속박에서 해방된 특별한 경지라고 생각했다.

그런데도――노인은 죽음에 이르러 타인에게 매달렸다.

노인은 평범한 인간이었다.

만족하며, 아마도 인간으로서 올바르게 죽었다.

"…………."

마히토는 아무런 말도 하지 않았다.
그저, 가슴 근처에 메마른 겨울바람이 통과해 지나간 듯한 추위를 느꼈다.
그 감정에 인간이 어떤 이름을 붙이는지는 모른다. 그저 의식이 엉켜버린 실타래처럼 엉망으로 뒤섞이다——돌연 단번에 끊어졌다.
메마른 황야에 서 있는 듯한 감각이 그곳에 남았다.
"그 전에~."
스킨헤드의 목소리가 울렸다.
"어디 사는 누군지도 모르는 이런 영감탱이는 경찰도 제대로 조사하지 않을걸?"
"뭐, 확실히 맞는 말이네."
장발 남자가 가벼운 목소리로 대답했다.
"애초에 먼저 시비를 걸어온 건 영감탱이였고."
"자업자득이랄까? 안 그래? 상대를 보고 말을 하라 이거야."
"그것보단 발로 찰 때 바지가 더러워진 게 문제지."
"까다롭긴. 신경 쓰이는 게 그거야? 정말 웃기네. 사람을 죽여놓고 말이야."
"이런 놈의 어디가 사람이야? 그보다, 내가 얼마나 깔끔한진 너도 알지? 아~, 빨래로 피가 빠지던가? 물로는 안 되겠지?"

"안 될 거야. 그보다 마음이 놓이니까 배가 고프네. 편의점 가자, 편의점."

"편의점에서 좋은 세제를 팔까?"

"내가 알겠냐~? 도시락부터 산 뒤에 찾아보든가."

가게 앞에서 물건을 고르는 걸 그만둘 때처럼, 마히토는 벌떡 일어났다.

몸이 권태감에 젖어 들었다.

터널을 울리는 변명과 현실 도피로 범벅된 지리멸렬한 소리가 시끄러워, 물소리가 들리지 않는다.

마히토는 진심으로 귀찮다는 듯이, 마치 떨어져 있는 쓰레기를 주으러 가는 듯한 걸음걸이로 스킨헤드에게 가까이 다가갔다. 무위전변(無爲轉變). 술식이 행해졌다.

그리고 남자의 등을 두드리자, 남자의 형태는 인간이 아니게 되었다.

"이익———."

단지 죽이는 걸로는 시체 처리가 성가시니까 목숨은 살려두고 손바닥 사이즈로 '작게 만들었다'. 나중에 버려야지.

그리고는 대충 손을 흔들어 나머지 한 명도 작게 만들었다.

"으에————."

조용해졌다.

마히토는 체스말 정도의 크기로 작아진 남자들을 주워들고, 마지막으로 남은 노인의 시체를 내려다보았다.

이것은 이미 뼈가 들어간 살주머니에 불과하다. 그곳에 무위전변으로 주무를 영혼은 이미 없다.

이걸 처리하는 게 제일 난감하네. 그렇게 생각하며 잠시 고민했다.

터널에는 물소리만이 울렸다.

——하늘이 높아 보이는 날이었다.

빌딩 사이사이로 보이는 구름이 불어오는 바람을 타고 기분 좋게 흘러갔다.

마히토는 어슬렁어슬렁 거리를 걷고 있었다.

"오랜만에 영화라도 보고 갈까?"

약간 낡고 작은 영화관을 골라, 숨어 들어갔다.

요즘엔 의욕도 샘솟고, 영혼에서 쓸데없는 것이 떨어져 나가 몸이 가벼워진 기분이다. 덕분에 인간을 주무르는 빈도도 늘었다.

사람을 작게 만드는 것이 가능하다면, 크게 만드는 것도 가능

하지 않을까 싶어서 시도해보다가 밤을 새웠다. 꽤 즐거웠지만 너무 몰두했다는 자각도 있다. 지나치게 깊이 빠지는 건 좋지 않은 것 같다는 기분도 든다.

가끔은 기분 전환을 하는 것도 좋겠지.

영화관에 뭐가 걸려 있는지는 확인하지 않았다. 보통은 그저 그런 마이너 영화일 테지만 기대하지 않고 보면, 생각지 못하게 재밌는 이야기를 만날 수 있을지도 모른다.

신기하게도 그런 예감이 들었다.

영화관 복도를 걸어가며 무심코 주머니를 뒤지자, 꽤 쌓이기 시작한 '작은 인간'이 마히토의 손에 걸렸다.

——그러고 보니, 성가시다고 생각했었지.

대충 몇 개를 꺼내, 영화관 복도에 버렸다.

문을 열고, 극장에 발을 디뎠다.

평일이어서인지 관람객의 수는 적었다. 학생으로 보이는 그림자가 드문드문 몇 자리를 채우고 있었다.

마히토는 극장 구석에 서서 스크린에 비칠 광경을 기다렸다.

이윽고 영화의 시작을 알리는 신호 대신, 극장은 어둠에 휩싸였다.

# 제4화 일하는 이지치 씨

여름 더위가 아직 물러나지 않은 8월 하순.
이타도리는 소파 위에서 녹고 있었다.
"아~…………."
딱히 더운 건 아니다. 오히려 에어컨도 켜져 있어, 시원하다.
그도 그럴 수밖에. 지금 이타도리가 있는 곳은 고죠가 준비한 간이 지하 시어터가 아니다.
도쿄 모처에 있는 맨션의 어느 한 집.
그냥 대놓고 말해, 이지치의 집이었다.

——내가 잠깐 출장을 갈 일이 생겼거든. 조금 먼 곳에 다녀올 거라서 며칠 걸릴지도 몰라. 그렇게 돼서 말인데, 계속 같은 곳에 숨어 있는 건 이론상 곤란하기도 하고, 뭔가 재밌을 것 같으니까 이지치네 집에 가 있어——.

이렇게 고죠가 말했다.
따라서 이타도리는 이지치의 집에서 며칠 정도 신세를 지게 되었다.

그렇게 되었지만——첫날부터 따분했다.

따분함이란 건 사람의 마음을 죽이는 독이다. 그런 전제를 두고 말하자면 이타도리는 이미 치사량의 독에 중독된 상태나 마찬가지였다.

"…………음~."

최근 들어, 이타도리는 따분해할 여유 따윈 없었다.

주술고전에 온 뒤로는 후시구로나 쿠기사키와 소란을 피우기도 하고, 주령을 퇴치하기도 하고, 죽을 뻔하기도 하고, 실제로 죽기도 했다.

이런저런 사정으로 부활한 뒤에는 숨어서 지내는 처지가 됐지만, 주어진 영화를 보는 것 만큼은 재밌기도 했고, 주술사로서 수련도 되었다. 그야말로 레일이 없는 제트코스터 같은 몇 개월이었다.

그러다 갑작스럽게 맞이한, 이지치의 집에서 보내는 생활.

그런데 정말, 놀라울 만큼 할 일이 없었다.

그도 그럴 것이…… 이지치는 집에 귀가하면 대부분의 시간을 컴퓨터 앞에 앉아서 보낸다.

"뭐예요? 뭐예요? 블로그라도 봐요?"

그렇게 생글생글 웃으며 들여다보니, 곤충의 겹눈만큼 세밀한 표에 숫자가 정말이지 한가득 기입돼 있어, 농담 따먹기를 하면 안 될 것 같은 분위기가 돼버렸다.
소액 현금 출납장이니, 표준 보수 월액이니, 상각 자산이니, 교지(校地) 사양 변경이니, 캐시 플로니, 택스니, 맥스니, 팩스니…….
뭐가 뭔지는 모르겠지만, 어쨌든 뭔가 어려운 일을 하고 있다는 건 이타도리도 알 수 있었다.
그렇다면, 시끄럽게 구는 것도 미안하다 싶어서 혼자 시간을 죽이려고 했지만――.
"이지치 씨, 책 읽어도 돼요?"
"괜찮습니다. 저기 책장에 있는 것 중에서 적당히 골라서 보세요."
"……이 '리바이어던'이란 건 판타지 소설인가요?"
"아닙니다. 사회 과목 수업에서 나오는 쪽 책이에요."
"이지치 씨네 집에 만화 같은 건……."
"친가 쪽에는 옛날 만화가 있긴 한데요."
"그러시구나~."
이런 상황이다.
이타도리는 책장에서 그나마 소설 비슷한 걸 찾아냈지만, 몇 페이지를 읽고는 내용이 마음에 들지 않아, 읽는 걸 그만뒀다.
어쩔 수 없이 소리를 작게 줄여 TV를 켠 이타도리.

마침 점심 버라이어티 방송이 하는 시간과 골든 타임 사이에 낀 시간대였는지, 재밌어 보이는 방송은 하고 있지 않았다.

채널을 이리저리 돌려봤지만 연예인이 느긋하게 맛있는 음식을 먹으며 돌아다니는 먹방 프로그램과 뉴스밖에 없었다. 소거법에 의해 먹방 방송을 보기로 했다.

"아. 이 시간에 TV를 보는 건 은근히 새로운 기분이네."

"평소라면 학교에 있을 시간이니까요."

뜻밖에도 이지치에게서 반응이 돌아왔다. 이타도리는 작업을 방해하지 않는 정도라면 대화해도 괜찮은가 싶어 대화 거리를 던져보기로 했다.

"이지치 씨도 평소라면 일을 하고 있을 시간이죠?"

"지금도 업무 시간입니다. 일만 할 수 있으면 재택근무가 허용되니 일반 기업들에 비하면 느슨하다고 할 수 있을지도 모르겠네요."

"오오~, 그런 거예요?"

주술사 어른들은 그럭저럭 만나봤지만 '일다운 일'을 하는 어른에 대해선 학생인 이타도리는 아직 잘 감이 오지 않았다.

고개를 갸웃거리며 시선을 다시 TV 쪽으로 돌렸다.

"앗. 타카다가 게스트네?"

"유명한가요?"

혼잣말로 중얼거린 말에 이지치가 반응했다.

조금이라도 관심이 있다면 대화의 돌파구를 찾을 수 있지 않을까 생각한 이타도리는 잘됐다 싶어, 신나게 떠들었다.

"네. TV에 조금씩 노출되기 시작했어요. 개성이 강하거든요. 큐티 계열의 캐릭터인데 키가 엄청 커요. 거기서 오는 갭이 매력이랄까요?"

"호오. 요즘은 그런 것이 유행하는군요."

"얼마 전까지 방영했던 9시 월요 드라마에도 단역으로나마 나왔었잖아요."

"아~, 그런가요?"

"이지치 씨, 혹시 드라마 같은 건 안 보는 타입이에요?"

"죄송합니다. 그런 쪽은 조금 어두워서요……. 아니, 싫어하는 건 아닌데, 요즘 트렌드랑 조금 맞지 않는 느낌이에요. '퓨어 버케이션' 같은 건 봤는데 말이죠."

"으아. 그게 언제적 드라마예요?"

"10년도 더 전이군요. 그러고 보니, 모토코도 키가 컸지."

"모토코요?"

"당시에 인기가 있던 여배우인데…… 결혼을 하더니 바로 은퇴해버렸어죠. 그러니, 요즘 아이들은 모를 수밖에요. 그래요……."

"그, 그렇구나. 아, 그럼 요즘 버라이어티는 봐요?"

"그것도 별로……. 그, 뭐죠? 드라마를 안 보기 시작했더니, 출연하는 연예인들이 누가 누군지 알 수 없어져서……."

"스포츠 선수들도 나오잖아요."

"스포츠도 안 보거든요. 운동을 잘하는 게 아니면, 아무래도 관심이……."

"……아. 그렇다면, 골든 타임보다는 심야 타임을 선호한다거나? 나는 자정쯤에 신인 연예인을 모아서 하는 방송을 좋아해서 다음 날 힘들 걸 알면서도 자꾸 늦게 잔단 말이죠."

"아뇨, 그쪽도 딱히……."

"……이지치 씨, 평소에 어떤 프로그램을 봐요?"

"뉴스……. 아, 그리고 *라쿠고 방송 같은 건 소소하게 좋아합니다!"

"라쿠고라~."

말이 막히고 말았다.

아무리 TV 중독자인 이타도리라 해도 학생 대부분이 놀러 다니는 시간대인 일요일 저녁에 하는 라쿠고 방송은 이수가 불가능하다. 게다가 뉴스라고 말한 뒤에 일부러 덧붙인 듯한 대답에서 이지치가 자신에게 장단을 맞춰주려고 한 것 같다는 느낌을 받았다.

*라쿠고: 일본의 전통 1인 만담.

이타도리는 기본적으로 대화를 잘 이끌어나가는 편이지만 공통 관심사가 없다는 사실을 조금씩 느끼며 점차 입을 다물게 되었다.

시선을 힐끔 돌리니, 이지치는 이야기를 나누는 사이에도 쉬지 않고 키보드를 두드리고 있었던 듯했다. 이런 상황에서 억지로 대화를 이어가는 건 아무래도 내키지 않는다.

TV에선 레귤러 리포터와 게스트인 타카다가 나고야의 맛있는 음식들에 대해 이런저런 코멘트를 하고 있었다.

딱히 득이 되는 것도, 실이 되는 것도 아닌 내용이라, 모처럼 부른 게스트의 캐릭터를 잘 살렸다고 하긴 힘들었다. 애초에 밥에 대한 코멘트가 '맛있다'밖에 없다.

——타카다를 출연시키는 거면 조금 더 재밌는 이야깃거리가 있을 거 아냐. 그보다 이거, 대본이네. 음식을 먹은 감상이 아니라 선전하기 위한 방송이야. 이런 방송은 음식보다 토크가 재밌어서 보는 건데——.

애초에 TV 중독자인 이타도리다.

최근에는 영화도 잔뜩 봤기 때문에 영상에 대한 눈이 높아졌다. 왠지 모르게 제작자의 의도를 느낄 수 있게 됐다고도 할 수 있다.

그리고 재미없는 영상이 한층 더 재미없어 보이게 됐다고도 할 수 있을 것이다.

뉴스를 제외한 유일한 선택지가 이래선 견딜 재간이 없다.

하지만 달리 볼 방송도 없었다.

재밌어지길 바라며 참고 계속 시청했더니 쾌적한 실내 기온과 부드러운 소파의 감촉이 한몫해 조금씩 졸음이 몰려왔다.

"——이타도리 군, 잠깐 볼일이 있는데, 밖에 나갈까요?"

"우오오오오오오, 메탈 타모리!"

"메탈 타모리요?!"

"아, 죄송합니다! 졸다가 이상한 꿈을 꿨어요!"

"대체 무슨 상황이었던 겁니까?"

"저도 뭐가 뭔지, 잘……. 그보다 밖으로 나가는 건가요?"

"그, 그래요……? 혹시 졸리면, 무리하지 말고 자고 있어도 되는데요."

"아뇨. 밖에 나갈래요! 광합성을 하고 싶어요!"

"네네. 인간은 광합성이 가능하게 만들어져 있지 않지만요."

"……아, 하지만 제가 살아 있는 걸 들키면……."

"그렇죠. 간단한 변장도 해야 하고, 너무 자유롭게 돌아다니게 할 수는 없지만 드라이브를 겸해 외출하는 정도는 괜찮을 겁니다. 고죠 씨도 이타도리 군에게 슬슬 바깥 공기를 쐬게 해줘야 할 것 같다고 했고요."

"고죠 선생님이……. 그랬구나."

그런 거라면야, 라며 이타도리는 소파에서 일어났다.

따분했던 건 맞으니 밖으로 나갈 수 있다면 바라는 바다.

"그럼 이걸 써주세요."

"굉장하다~. 맨 인 블랙 같아!"

묘하게 렌즈가 큰 선글라스를 건네받은 이타도리는 의미 없이 태양에 렌즈를 비춰봤다.

"이 선글라스, 이지치 씨 거예요?"

"일단은 개인 물건이죠."

"혹시 사복은 화려하게 차려입고 다닌다거나?"

"아뇨. 아뇨, 아뇨. 아닙니다. 저주는 시선에 민감하거든요. 전조사 업무도 많아서 시선을 가리는 게 중요해요!"

"아~, 그렇군요. 그러고 보니, 고죠 선생님도 눈가리개를 하고 다니지."

"그건 또 다른 이유지만요."

"그 눈가리개는 어디에서 파는 거지? 나도 그걸 쓰면 프로처럼 보이려나?"

"그거, 파는 물건은 아닐 겁니다."

이타도리는 선글라스를 쓰고, 가까이에 있던 거울과 이지치를 번갈아 보다, 턱에 손을 대면서 포즈를 취했다.

"이지치 씨, 어때요? 에이전트 같아요?"

"음~."

이지치는 어른이었기에 '양아치 같네요~'라는 마음의 소리는 입 밖으로 꺼내지 않았다.

자동차 안에서 도쿄를 바라볼 기회는 의외로 별로 없다.

창 너머로 스쳐 지나가는 빌딩을 바라보는 이타도리의 얼굴은 밝았다. 아무리 TV 중독자라지만 쉽게 갈 수 없는 지방에서 하는 먹방 방송보다는 이쪽이 구경할 재미가 있을 수밖에 없다.

"굉장하다~. 도쿄의 고속도로엔 처음 와봐요."

"이 시간대면 일반 도로는 조금 막히니까요. 고속도로가 그렇게 즐거운가요?"

"레이싱 배틀 같은 게 있을 것 같잖아요."

"그거 은근히 옛날 문화라고 생각하는데 어디서 들었죠?"

"게임 센터에서요."

"아아, 그렇군요. 레이스 게임……. 저도 옛날엔 했었는데."

"오오, 그래서 이렇게 비싸 보이는 차도 산 거예요?"

"아뇨. 이건 학교 차량입니다. 그래서 스크래치 같은 것이 생기지 않도록, 상당히 주의하고 있죠……. 그러니 차가 스칠 것 같은 좁은 길은 가능한 한 피하고 싶어요."

"아~, 뭔가 팍팍한 현실이네요."

어른들의 자동차 사정도 만만치 않구나, 하고 느낀 이타도리였다.

그런 별것 아닌 대화를 집에 있을 때보다 더 즐겁게 나누며 고속도로를 빠져나온 이지치는 교통량이 많은 길을 능숙하게 누비고 지나갔다. 조금 전에 들은 이야기가 있어 다른 차가 가까이 다가오면 혹시라도 스치지 않을까, 뒷좌석에 앉은 이타도리까지 괜히 가슴이 벌렁거렸다.

그렇게 차를 운전하고 30분 정도 만에 목적지에 도착했다.

그곳은 상자를 쌓아 올린 것처럼 생긴 회색 건물이었다.

"여기, 혹시 구청인가요?"

"네, 서류를 제출하러 왔습니다."

서류 가방에서 꼼꼼하게 정리된 서류를 꺼냈다.

이타도리가 뒷자석에서 들여다보니, 그것 말고도 다양한 서류 다발이 클리어 파일이나 바인더 등으로 깔끔하게 분류되어 꽉꽉 들어차 있었다.

"두께가 엄청나네요. 서류가 원래 이렇게나 많이 필요해요?"

“공공 기관에 제출하는 서류는 아무래도 부피가 늘어나기 마련이라서요.”

“메일이나 데이터로 제출하는 게 편하지 않나?”

“물론 그러는 쪽이 편할 때가 많지만……. 이타도리 군, 게임을 할 때 게임기 기종이 다양해서 불편하다고 생각해본 적은 없나요?”

“아~, 있죠, 있죠.”

“데이터란 그런 거예요. 그런 점에 있어서, 종이 서류는 읽는 사람을 가리지 않으니까요. 특히 관청은 아직도 종이 서류를 신뢰하는 경향이 있어서……. FAX가 사라지지 않는 이유 중 하나가 아닐까 싶네요.”

“그렇구나. ……엇. 그럼, 저걸 일일이 프린트 한 거예요? 엄청 힘들었겠다.”

“힘들었지만 이러니저러니 해도 종이는 남는 법이고, 처분도 할 수 있으니까요.”

“오오~…….”

알 것 같기도 하고 모를 것 같기도 하고. 이타도리는 허공으로 시선을 던졌다.

단, 이지치가 이런 것을 ‘빈틈없이 처리하는 사람’이란 건 알 수 있었다. 편한 길을 찾기보단 확실하게 일하는 어른인 건가.

이렇게 생각했다.

“그런데 그건 무슨 서류예요?”

“주령에 대응하면서 쓴 시설의 사용 증명과 교통 기관 봉쇄 신청, 도로 공사 허가 신청, 현장 작업자 명부와 보험 가입 증명…… 등등이죠.”

“도로 공사?”

이타도리가 고개를 갸웃거렸다.

주술사나 학교와 큰 관련이 없어 보이는 단어다. 이지치도 의아할 만하다고 납득하며 설명했다.

“교통사고가 많은 산길에서 주령이 발생했거든요. 그래서 도로를 봉쇄하기 위한 방편이죠.”

“그런 건, 그 ‘장막’이라는 걸 치면 되는 거 아니에요?”

얼마 전에 방문한 소년원에서 있었던 일이 이타도리의 머리를 스치고 지나갔다.

일반인이 가까이 접근하지 못하도록 내리는 결계. 그것이 무엇인지 설명해준 건 후시구로였는데, 하고 멍하니 기억을 떠올렸다.

“확실히 그것으로 일반인의 접근은 막을 수 있습니다. 하지만…… 그래서는 일반 사회에 ‘도로를 쓰지 못하는 이유’가 불명확한 것으로 남으니까요.”

"아, 그렇구나."

손바닥을 탁 내리치는 이타도리.

그 동작에 호응하는 듯한 리듬으로, 이지치는 안경을 꾹 눌러 올렸다.

"대응하는 시간이 길어지거나 하면, 부자연스럽게 생각하는 사람도 나올 테니까요. 이유를 만들어두지 않으면 인간 사회에 어긋남이 발생해버리죠."

"그렇지만, 그건 뭐랄까……. 이런저런 '암묵적인 양해', 그런 비슷한 걸로 성립되는 거 아니에요? 주술고전은 국가랑 도쿄에서 운영하는 거라고 들었는데요."

"그래도 공식적으로는 아무래도 사립 학교니까요……. 그래서 사립 학교 나름의 서류가 필요하고 그것으로 수습이 안 되면 일반 사회가 볼 때 부자연스럽지 않을 이유를 만들기 위한 증거 같은 게 필요합니다. 표면적으로 '낙석 철거 작업'인 것으로 했다면, 그 증거를 서류로 남겨둬야죠."

"하아~, 생각했던 것보다 성가시네요."

"물론 임무 상 어느 정도는 정보를 밝힐 수밖에 없지만요."

이타도리는 문득 깨달았다.

자신이 '저주가 존재한다'고 당연하게 인식하고 있다는 걸.

하지만 이지치의 말을 듣고 떠올렸다. 과거 저주나 주술사와 관련되지 않고 살아가던 시절의 자신도, 그런 것의 존재를 알지 못했다는 사실을.

차에서 내리는 이지치를 배웅하며 이타도리는 생각했다.

주령과의 싸움, 그리고 그것의 퇴치.

확실히 그것은 사람의 목숨을 지키고 일상을 지키는 일이다.

동시에 가장 직접적인 해결 수단이다.

그러나 사람의 공포에서 저주가 태어난다고 하면, '저주가 존재한다'는 불안이 퍼지는 것이 가장 위험하다.

저주는 마음에서 발생하는 것.

사람들의 마음을 지키려면 애초에 공포를 품지 않게 하는 것이 중요할 터이다.

이를 구체적인 언어로 표현할 수 있는가 하면, 확답은 할 수 없지만 이타도리는 막연하게 다시금 인식했다.

——평화로운 일상을 지키는 건 내가 생각하는 것보다 훨씬 어려운 일인지도 몰라.

"오래 기다리셨습니다, 이타도리 군."

"아, 다녀오셨어요?"

구청에서 돌아온 이지치를 이타도리는 저도 모르게 바른 자세로 맞이했다.

다음으로 이지치가 방문한 곳은 눈에 익은 주스 회사의 간판이 걸린 작은 건물이었다.

"여기, 혹시 탄산 주스 회사예요?"

"계열사의 하청 업체입니다. 자판기 설치랑 음료를 채우는 일을 하죠."

"오오~. 그래서, 이곳에 무슨 일이라도 있어요? 자판기와 관련된 저주가 발생했다거나?"

"아뇨. 지나가는 길이라 얼굴을 비치러 온 것뿐입니다. 여긴 주술고전에 있는 자판기의 설치와 관리를 담당하고 있는 회사거든요."

"앗, 그렇구나."

이타도리도 주술고전에 있는 동안, 가끔 작업복을 입은 아저씨가 드나드는 걸 본 적이 있다.

당시에는 크게 신경 쓰지 않았는데 그러고 보니 아무리 봐도 주술 관계자로는 보이지 않았다고 새삼 느꼈다.

"그런데 일부러 얼굴을 비치러 가기도 하는군요."

"주술고전은 표면상으로는 사립 종교계 학교니까요. 가능한

한 내부 사정을 퍼뜨리고 싶지 않기 때문에 이런 거래처는 한 번 정하면 바꾸지 않죠. 그런 만큼, 각별한 관계에 있는 회사에 얼굴을 비치는 건 꽤 중요한 일이랍니다, 이타도리 군."

"호오~……."

"아, 그렇지. 이타도리 군은 좋아하는 주스가 뭔가요?"

"나 말이에요? 음~~. 스포츠 드링크 계열……? 너무 달지 않은 거요."

"그래요? 그럼, 살짝 말해보죠. 학생 수가 적은 만큼, 수요를 전달해두면 저쪽도 도움이 되니까요. 다시 학교에 다닐 무렵에는 자판기에 들어와 있을지도 모릅니다."

"정말이요? 와아! 감사합니다~!"

회사 건물로 걸어가는 이지치의 뒷모습을 보며 이타도리는 꾸벅 고개를 숙였다.

몇 분 뒤, 이지치가 돌아오자 선량해 보이는 작업복 차림의 남자가 따라왔다. 아무래도 밖까지 배웅하러 나온 듯했다.

정중하게 고개를 숙이는 남자와 마찬가지로 고개를 숙이는 이지치를 보고 이타도리는 자신도 차에서 내려 인사해야 하나 고민했다.

그러나 자신은 '현재 사망자'라는 것, 그리고 상대방이 조금이나마 주술고전의 관계자라는 걸 고려해 답답해도 포기했다.

“오래 기다렸죠, 이타도리 군. 갈까요?”

“아, 네.”

이지치가 차를 출발시킨 뒤, 선팅된 뒷좌석의 유리창 너머로 밖을 보았다.

작업복을 입은 남자는 차를 향해 예의 바르게 고개를 숙이고 있었다. 눈이 좋은 이타도리는 남자의 울퉁불퉁하고 투박한 손을 볼 수 있었다.

관리직일 텐데 힘쓰는 일을 하는 손이다.

이타도리는 조금 전에 구청을 방문했을 때를 떠올렸다.

일반인은 본래 저주와 아무 관련이 없는 것이 당연하다. 그래도 이 회사 사람들은 자주 주술고전에 드나들면서 비일상과 매우 가까운 곳까지 와주고 있다.

그것을 생각하니 이타도리는 어쩐지 가슴이 답답해졌다.

유리창 너머로 보이던 사람은 이제 상당히 작아져 있었다.

이타도리는 차 안에서 그 그림자를 향해 고개를 숙였다.

이지치가 갑자기 갓길에 차를 세웠다.

“이지치 씨, 무슨 일이에요?”

"잠깐 실례하겠습니다."

이지치가 가슴의 포켓에서 꺼낸 스마트폰이 진동하고 있는 걸 보고, 이타도리는 전화가 왔다는 걸 깨달았다. 누가 전화한 걸까 생각하고 있는데——.

"네, 이지치입니다. 수고가 많으십니다, 고죠 씨. 무슨 일이시죠?"

"고죠 선생님?"

그러고 보니 고죠가 먼 지방으로 출장을 갔다고 했는데 무엇을 하러 간 것인지에 대해서는 이타도리는 자세하게 알지 못했다. 왠지 모르게 통화 소리에 청각이 집중됐다.

"……다른 곳에 들르셨다고요? 왜 또 그런……. ……아하, 그런 건가요……. 잠시 기다려주세요. 확인 후 다시 걸겠습니다."

이지치는 일단 전화를 끊었다.

그리고는 가방 속에 있던 수첩과 대조하면서 스마트폰의 연락처를 살폈다.

"이지치 씨, 고죠 선생님께 무슨 일이 있나요?"

"누굴 만나러 갔는데 목적지로 가는 도중에 다른 현장으로 빠졌다고 합니다. 그래서 현장 주변에 있는 '창(窓)'의 연락처를 찾아봐 달라는군요."

"창이요? 들어본 적 있는데."

“주술사는 아니지만, 저주를 육안으로 볼 수 있는 주술고전 관계자예요. 주령의 목격 정보와 잔예……. 뭐, 그런 흔적을 쫓으며 조사에 협력하죠.”

“아~, 그렇구나. 소년원에 갔을 때도 들었어요.”

이지치의 어깨가 움찔 굳더니 수첩을 넘기던 손이 멈췄다.

“이지치 씨?”

“아, 아뇨. 아무것도 아닙니다.”

“그런데 왜 수첩이랑 스마트폰을 둘 다 쓰는 거예요?”

“아. 그게, 스마트폰은 철자순으로 등록이 돼 있으니까 아무래도 어느 지방에 누가 있는지까지는 기억하기 어려워서 말이죠. 수첩에 적어둔 주소록과 비교해봐야 하거든요.”

“네? 지방이요? 도쿄에 있는 사람들로 한정된 거 아니었어요? 이지치 씨, 설마 전국의 ‘창’을 다 파악하고 있어야 해요?”

“보통은 그러지 않아도 되지만 고죠 씨가 대체로 제게 물어보는지라…….”

“아, 아아. 그렇구나.”

“그보다 그 사람, 기억력도 좋고 머리도 좋으면서 귀찮은 건 암기하지 않는단 말이죠. 창의 주소도 그렇고, 편의점의 디저트 라인업이랑 전철 시간표까지 물어본다니까요?”

“그건 힘들겠네요. 정말로.”

이타도리는 진심으로 위로했다. 고죠의 억지에게 부려 먹히는 이지치의 모습을 그럭저럭 뚜렷하게 상상할 수 있었다.

그러는 사이에 원하는 정보를 찾은 건지, 이지치가 다시 전화를 걸었다.

"아, 여보세요. 고죠 씨, 그 주변이면 말이죠……. 무슨 말씀을. 이것도 상당히 서두른 건데요?! 물론 전에는 1분 만에 다시 걸었지만……. 제가 알 바입니까? 기다리는 동안 아이스크림이 녹았다니. 자, 잠깐만요. 돌아오시면 제가 왜 풀 파워로 손목을 맞아야 하죠? 메모요?! 저보고 그걸 메모해두라고요?! 싫습니다! 불합리하게 혼나는 시간을 일정에 적어두라뇨! 그냥 잊어주세요!"

"으아아."

이지치가 어떤 재난을 겪고 있는지, 좁은 차 안에서 생생하게 들을 수 있었다. 옆에서 듣고 있는 이타도리도 질려버릴 정도의 억지다.

"네? 네. 그러고 보니, 이타도리 군의 훈련에 학장님의 주해를 썼죠. 그게 왜……. 네?! 멋대로 반출했던 겁니까?! 돌려주라니 그걸 어디에……. 지하에 내버려 뒀다고요?! 엇? 그거, 곤란한 거 아닌……. 아, 네, 네. 알겠습니다. 일단 지하실로 돌아가서 가져오죠. ……네? 그 방에 영화를 더 사들였다고요? 아뇨. 경비로 처리되진 않습니다. 무리예요, 무리. 네. 아, 네. 노력해 보겠습니다…….”

“………….”

크고 작은 일 상관없이, 오늘만 해도 수많은 일을 해치운 이지치다.

그것까지 포함해, 이타도리는 오늘 중 가장 ‘이지치 씨, 힘들겠다’는 얼굴을 했다.

도쿄 곳곳을 돌아다니는 사이, 창밖으로 보이는 태양이 상당히 기울었다.

지금은 빌딩 뒤에 가려 드문드문 켜지기 시작한 거리의 불빛 쪽이 더 눈부시게 보인다.

“이곳저곳 많이 돌아다녔네.”

“생각보다 시간이 오래 걸렸어요……. 원래는 조금 더 순조로울 예정이었는데 말이죠.”

“그거, 고죠 선생님 때문 아닌가요?”

“뭐, 그렇죠…….”

“의지가 되는 사람인데 말이에요. 어른의 시선으로 보면, 이것저것 힘들 것 같아요."
"실제로 의지할 만한 사람인 건 맞습니다. 강하고 우수하죠. 단지 뭐랄까. 그만큼 다른 사람에게도 '빠듯하지만 이 정도는 할 수 있지?' 같은 걸 요구하는 경향이 있어서요."
"아~. 그런 부분이 있죠."
"그래도 학생에겐 친절한 편입니다."
"역시 싫어하는 건 아니군요."
"그야, 그렇죠. 이런 말은 별로 하고 싶지 않지만, 실력도 있고 카리스마도 있어요. 고죠 사토루는 수많은 주술사의 우상이니까요. 이런 말은 그다지 하고 싶지 않지만요."
"두 번 말했어요."
이러니저러니 해도 이타도리와 이지치는 집에 박혀 있을 때보다 친근해져 있었다. 드라이브 중이라는 상황 덕분인지도 모르겠다.
그런 스스럼없는 분위기라 말을 꺼내기 쉬워진 탓일 것이다.
문득 이타도리가 말을 꺼냈다.
"뭐랄까~, 이지치 씨는 엄청나게 바쁘네요."
"바빠 보였습니까?"
이지치가 살짝 웃으며 대답했다.
"그야, 계산 같은 거랑 서류 처리도 하고, 인사도 도는데, 고죠 선생님한테 부려 먹히기까지 하잖아요…….”

“부려 먹히는 건 굳이 말할 필요 없는데요.”

“죄송합니다. 어쨌든 이렇게나 바쁜데 거의 주술사 같지 않은 일만 하는 것 같달까요~.”

“하핫. 소박한 일들이었죠?”

“네, 뭐. 엄청나게.”

“솔직해서 좋군요. 음, 전투 같은 건 제 전문이 아니니까요.”

“그만큼 고죠 선생님 같은 사람들이 떠넘기는 일도 많은 게 아닌지…….”

“뭐, 그렇죠.”

백미러 너머로 보이는 이지치의 눈에서 순간적으로 생기가 사라졌다.

지뢰를 밟은 걸지도 모르겠다, 라는 생각에 이타도리는 시선을 피했다.

“하지만 그렇게 나쁜 것만은 아니에요. 현장 담당 주술사 일을 하면 아무래도 주술사와 주술고전은 사회에서 벗어나 있다고 생각하기 쉬워지거든요.”

“네, 저도 오늘까진 아마 그렇지 않을까 생각했어요.”

“실제로는 저희도 사회 속에서 살아가고 있기 때문에 자잘하고 소박한 일일수록 제대로 처리해야 하죠.”

"네, 그 부분도 잘 알았어요."

이타도리는 스쳐 지나가는 가로등 빛을 바라보며 고개를 끄덕였다.

거리를 밝히는 빛의 수는 밤이 깊어감에 따라 늘어났다.

그것은 마치 지상에 있는 별하늘 같아, 등불이 대체 얼마나 되는지는 알 수 없었다. 하지만 그 하나하나는 사람들의 삶의 빛이며, 이 거리에서 시작해 전국, 전 세계로 퍼져나간다.

주술고전은 어둠과 마주 보고 있는 곳이지만 사람들의 빛 속에도 존재한다. 이타도리는 그것을 경험을 통해 알고 있다.

"고맙습니다, 이지치 씨."

"갑자기 뭐죠?"

"이지치 씨가 하는 일은 실제로 소박해요."

"물론 그렇긴 한데 말이죠. 이렇게 여러 번이나 말하다니."

"그렇지만 그 소박하고 힘든 일들 덕분에 주술사들이 이 세상과 이어져 있는 걸지도 모르겠다는 생각이 들어서요. 그러니까 뭔가, 고맙습니다."

"……고맙습니다, 라."

기분 탓인지 이지치의 목소리가 작아졌다. 스쳐 지나가는 자동차들의 라이트가 반사되어 안경 안쪽은 잘 보이지 않았지만 적어도 백미러에 보이는 표정은 밝지 않았다.

짧은 시간 동안, 타이어와 아스팔트가 내는 주행음과 카 스테레오에서 흘러나오는 라디오의 노랫소리만이 차를 채웠다.

후렴만큼은 몇 번이나 들은 곡.

리드미컬한 팝송 멜로디가 가사가 끝난 뒤에도 늘어지듯이 이어지다 이윽고 끊겼다. 동시에 차 안의 공기도 어딘가 끊긴 듯한 기분이 들었다.

그것이 신호라도 된 듯, 이번엔 이지치가 입을 열었다.

"…………저기 말이죠, 이타도리 군. 전 당신에게 감사 인사를 들을 게 아니라, 오히려 사죄해야 하는 입장입니다."

"엇, 어째서요?"

갑자기 이야기의 화살이 자신에게 돌아와 이타도리는 눈을 깜빡였다.

사죄라니. 상상도 한 적 없고, 짐작 가는 바도 없다. 진심으로 그런 기분일 이타도리의 순진한 눈동자가 크게 뜨였다.

그것을 바라보는 사이, 이지치는 점점 미간을 찌푸리다 내뱉듯이 말했다.

"얼마 전에 저는, 당신을 사지로 보냈습니다."

"아."

이타도리는 저도 모르게 가볍게 탄성을 올렸다. 기억이 난다. 특급 주령과 벌였던 일련의 싸움이.

그것은 확실히 괴로운 경험이었지만 그 일로 이지치를 원망한 적은 없다. 그렇기에 나온 가벼운 반응이었다.

그래도 이지치의 목소리는 점점 무거워지기만 할 뿐이었다.

"어디까지나 구출 임무라고 말했습니다. 싸우지 말라고도 말했어요. 전 보조 감독의 일을 방기했다고는 생각하지 않습니다. …………그래도 역시 1학년들만 보내도 되는 곳은 아니었어요. 결과적으로, 당신이란 희생이 나와버렸습니다."

"아~…… 음. 그래도 난 지금 이렇게 살아 있잖아요……."

"하지만 한 번은 죽게 했죠."

이지치의 목소리는 떨리고 있었다.

가볍게 웃어넘길 생각이던 이타도리는 그걸 듣고 입을 다물었다.

가까운 사람이 죽은 적은 있다. 자신이 죽은 적도 있다.

하지만 '자신 때문에 누군가가 죽었다'는 고통은 지금의 이타도리가 짐작할 수 있는 것이 아니었다.

비통하기까지 한 회한의 감정이 이타도리의 가슴을 단단히 조였다.

"나쁘지 않다고 말했지만…… 역시 전 싸우지 못하는 주술사입니다. 자신보다 어린 학생들을 위험한 임무에 내보내는 일밖에 하지 못하는 어른이에요. 다시 살아났다고 해도 전 다시…… 당신을 전장으로 내보내게 될 겁니다."

목을 울리는 소리가 엔진음에 섞여 들려왔다.

"그러니까 하다못해 그것이 원활하도록 서포트하는 일은 어른으로서 확실하게 처리하고 싶어요. 앞으로는, 더욱, 확실하게 말이죠."

"…………이지치 씨."

사죄인지도 모른다. 변명인지도 모른다.

오늘 이타도리가 직접 본 이지치가 일하는 모습 자체가 속죄의 일부이자 각오의 증명인지도 모른다.

"저는, 제 일을 할 테니까요."

떨리는 목소리가 면목 없다는 듯, 그리고 잠겨서 사라질 듯 낮게 울렸다.

그의 목소리에선 고죠와 같은 든든함도, 학장과 같은 엄격함도 느껴지지 않았지만 누구보다도 강한 고뇌와 성의가 담겨 있었다.

싸우지 못하는 이지치로서는 확실히 '두 번 다시 죽게 하지 않겠다'는 말까지는 할 수 없다.

그럼에도 이지치는 또다시 이타도리를 임무지로 데려가야만 한다.

어른으로서 그것이 얼마나 암담한 일인지――이타도리는 짐작이 가지 않았다.

하지만 그 말이 이지치에겐 그 무엇보다 진심이며 가장 전하고 싶은 말이란 걸, 이타도리는 알 수 있었다.

그렇기에 그것을 받아들이며, 납득하고, 웃었다.

"역시 고맙습니다, 예요. 이지치 씨."

창에 비친 자신의 얼굴을 바라보며, 이타도리는 중얼거렸다.

"나 있죠. 앞으로도 무모한 짓을 꽤나 저지를 테고 걱정도 끼치겠지만…… 스스로 선택한 일이니 이제는 멈출 수 없어요."

"네, 당신은 그런 아이일 테죠."

"그러니까 나요, 이지치 씨가 더 걱정하지 않을 만큼은 강해질게요. 모르는 것들이랑, 알지 못하는 것들, 그리고 싸우는 것만으로는 하지 못하는 것들을 도와주세요, 이지치 씨."

"………… 네."

핸들을 쥔 이지치의 손이 조금 떨렸다.

이타도리의 눈에는 그것이 똑똑히 보였지만 보지 못한 것으로 했다. 아이에겐 보여주고 싶지 않은 어른의 모습이 그곳에 있을 거라는 생각이 들었다.

그렇기에 이타도리는 밝게 말했다.

"이지치 씨, 이제 집으로 돌아가는 거예요?"

"네. ……하지만 배도 고프고, 모처럼 변장까지 하고 나왔으니까 외식 정도는 괜찮겠죠."

"정말요?"

"모처럼 외출했으니까요. 사회 견학만 해선 재미없잖아요?"

"하핫, 좋은데요? 역시 이지치 씨는 말이 잘 통해."

"이타도리 군, 뭐가 먹고 싶나요?"

"고기요!"

"심플해서 좋군요. 스테이크와 숯불구이, 어느 쪽이 좋습니까?"

"궁극의 선택이네요……. 잠깐만요. 20분간 고민해볼게요."

"너무 심사숙고하는 거 아닙니까?"

쿡쿡 웃는 소리가 차 내부에서 울렸다.

자동차의 미등이 눈물을 떨쳐내기라도 하듯, 한밤의 거리를 흘러 지나갔다.

# 제5화 수귀환시행(守鬼幻視行)

시간이 얼어붙기라도 한 것처럼 밤공기가 차가웠다.

여름의 잔향이 하루가 갈수록 멀어지고, 아스팔트 위에서 부는 바람은 메말라갔다.

미덥지 못한 가로등 빛 아래, 저 멀리 들려오는 거리의 소음을 들으며 이타도리는 홀로 정처 없이 걷고 있었다.

고죠가 말하길, 곧 이타도리의 생존 사실을 공개할 생각이라고 했다. 그러니 인적이 없는 시간대와 장소라면 조금은 밖을 돌아다녀도 괜찮다고 했다.

한 번 '죽은' 이후에 짧지 않은 기간 동안 몸을 숨기고 살아온 걸 생각하면 의미 없이 어슬렁어슬렁 산책하는 것만도 호강하는 것처럼 느껴진다.

달이 높게 뜬 밤 9시.

산책을 하기 위해 주술고전 근처와 관계자의 눈이 많은 도심부를 피해 한산한 베드타운을 골랐다. 번화가는 한창 북적일 시간대지만 주택가는 행인이 적고 지나가는 차도 적다. 하지만 사람들이 가깝게 느껴진다.

가끔 집들에서 새어 나오는 웃고 떠드는 목소리가 기분 좋다.

"꽤 먼 곳까지 와버렸네."

큰 차도와 마주친 이타도리는 슬슬 집으로 돌아갈까 생각하면서 길을 꺾었다. 골목을 하나 건너서 왔던 방향으로 다시 걸었다.

골목 하나를 건너는 것만으로도 보이는 풍경이 꽤나 변한다.

문득 전깃줄을 올려다보며 '그러고 보니, 밤이 되면 사라지는 까마귀들은 어디로 돌아가는 걸까?' 같은, 아무래도 상관없는 생각을 했다.

걷는다. 걷는다. 의미도 없이.

천천히 스쳐 지나가는 색색의 집들을 곁눈으로 보며 걷는다.

그렇게 10분 정도 발을 움직이자 계속 이어지던 담벼락이 끝나면서 갑자기 시야가 탁 트였다.

"오오, 이런 곳에 놀이터가 있네."

이타도리가 발견한 놀이터는 주택가에 강제로 비집어 넣기라도 한 것처럼 만들어져 있었다.

미끄럼틀과 정글짐. 부자연스럽게 비어 있는 공간도 있었는데 회전 놀이기구가 철거된 흔적인 듯했다. 뭔가 야박하네, 라고 이타도리는 생각했다.

문득 끼익끼익하는 금속의 마찰음이 들렸다.

시선을 돌리니, 그네가 흔들리고 있었다. 바람은 아니다.

낡은 가로등 빛 속에서 앞뒤로 그네를 흔들고 있는 작은 그림자가 그곳에 있었다.

──소년. 초등학생치고는 어른스럽다. 중학생인가?

깔끔하게 짧게 다듬은 곱슬머리를 흔들며 소년은 그네를 타고 있었다.

느릿한 박자로 흔들리는 그네는 누가 봐도 '재밌어서 타고 있는 거 아니거든?'이라고 주장하고 있는 듯했다. 이것은 소년의 표정을 봐도 알 수 있었다.

이타도리는 잠시 동안 그 모습을 바라보다가, 소년을 향해 걸어갔다.

"여어, 뭐해?"

"……어?"

갑자기 누군가가 건넨 말에 소년이 고개를 들었다.

언뜻 본 시점에선 이타도리를 경계하는 듯했다. 파카 위에 입은 교복, 탈색한 듯한 머리카락. 불량아가 시비를 걸고 있다고 생각한 것이리라.

하지만 아티도리는 가까이 다가가, 가로등 빛 밑에서 얼굴을 보여줬다. 타고난 친근한 미소가 선명히 드러나자 소년은 살짝 표정을 풀었다.

"뭔가 고민이라도 하고 있었어?"

"……아~, 뭐, 그렇, 죠."

끼익, 하고 약간 둔탁한 소리를 울리며 이타도리는 소년의 옆 그네에 앉았다. 어린이용 놀이 기구는 근육질 고등학생의 무게를 견디기엔 조금 버거울지도 모르겠다.

"얼굴이랑 이름을 모르는 사람과 이야기하는 건 조금 긴장되지? 난 이타도리 유지라고 해."

"……미나토 카이리(湊 海里)예요."

"이름, 멋있다~."

"작년에 돌아가신 할머니가 바다는 남자의 로망이라면서 붙여주신 거래요."

"할머니가 로맨티스트셨구나. 좋은 이름이네."

"굳이 말하면 다이내믹한 할머니였어요. 반달가슴곰이 나타나서, 제대로 붙어봤다고 했어요. 심지어는 이겼다고 했죠."

"할머니께서 캐릭터성이 엄청 확고하시네."

생각보다 흥미로운 신상 정보가 뿅뿅 튀어나와 이타도리의 표정도 휙휙 바뀌었다. 소년의 할머니 이야기를 들으며 자신의 할아버지도 어렴풋이 떠올렸다.

그렇게 강력한 할머니도, 그리고 폼을 잡던 할아버지도, 사람은 죽는구나. 그런 생각이 머리에 떠오르기도 했다.

그래도 본래 목적은 잊지 않았다.

"할머니는 다이내믹하셨을지 모르지만 아빠랑 엄마까지 그렇다는 보장은 없지. 시간도 많이 늦었는데 걱정하고 계시지 않을까?"

"아~…………."

카이리란 이름의 소년도 은연중에 이것을 지적받을 거라고 예상했을 것이다. '역시나'라는 표정을 짓더니 가로등을 올려다보았다.

필라멘트가 낡았는지, 가로등이 드문드문 깜빡였다.

여름이 잊고 간 듯한 작은 벌레들이 깜빡이는 빛에 비친 모습이 마치 필름이 끊긴 옛날 영화 같았다.

이타도리는 결코 재촉하지 않고 그네를 앞뒤로 움직이며 대답을 기다렸다.

발로 땅을 밀어내자 그네가 끼익끼익 울리며 흔들렸다. 뭔가 요람처럼 편안한 걸 보니 혼자서 생각에 잠기기엔 좋았을 것 같다.

네 번 정도 숨을 내쉬고, 카이리가 입을 열었다.

"집에 돌아갈 수가 없어요."

"부모님이랑 싸웠어?"

"딱히 그런 건 아니지만, 물리적으로……."

"물리적으로? 집이 먼 거야?"

"아뇨. 이 근처인데……. 듣고 웃지 않겠다고 약속해주실 수 있어요?"

"안 웃어. 네가 웃고 있지 않은걸."

진지한 얼굴이라기보다는 그게 당연하다며 의심하지 않는 이타도리의 목소리에 카이리는 불안스레 찌푸린 미간을 폈다.

그럼에도 꺼내려 하는 이야기는 웬만한 일이 아닌 듯했다.

다시 몇 번인가 호흡을 하고 한층 크게 숨을 들이쉰 뒤, 카이리는 드디어 사정을 밝혔다.

"*오니가 나와요."

"오니?"

"밤이 되면 집 앞에 있어요. 대충 이 정도쯤……. 그렇게 크진 않은데요."

카이리가 비치볼을 끌어안는 듯한 동작을 하며 허공을 쓰다듬었다.

그 크기감이 묘하게 구체적이어서 뇌리에 선명한 실물을 떠올리고 있다는 걸 알 수 있었다. 마치 어둠 속에서 그 '오니'의 모습을 실제로 목격한 것 같았다.

대략적인 손짓과 몸짓을 마치고 카이리는 퍼뜩 정신이 드는지, 고개를 들고 미안하다는 듯이 눈썹을 모았다.

"…………안 믿, 으시죠? 역시."

*오니: 일본의 요괴. 머리에 뿔이 있고 쇠 방망이를 들고 있음.

"아냐, 믿어."

"네?"

"네가 오니가 있다면 있는 거겠지. 네가 진심으로 고민하고 있다는 것쯤은 보면 알아. 그냥 감이지만."

"믿어주시는 거예요?"

이타도리는 기억을 더듬었다.

자신에게 경험이 많다고 생각하진 않지만 이제 숫자로만 따졌을 땐 두 손으로 다 세지 못할 정도의 저주를 봐왔다. 강한 저주, 약한 저주, 다양하게.

저 방향으로 가면 평범한 주택가가 나온다는 점. 그리고 카이리의 설명을 통해 예상되는 크기.

두 사항을 고려해볼 때, 그렇게 강한 저주는 아닌 것 같다. 목격한 카이리에게 피해가 없다는 걸 생각해도 아마 승두이거나 기껏해야 3급일 테다.

"나도 비슷한 걸 본 적 있거든. 게다가, 많이."

이타도리는 다리를 강하게 저어 두세 번 속도를 붙인 뒤, 멀리뛰기를 하듯이 그네에서 내려왔다.

"그럼, 갈까?"

"네? ……가다니, 어디로요?"

"너희 집."

"저기, 그러니까 오니가 나오는데……."

"괜찮아, 같이 가줄게. 정말로 위험할 것 같으면 물러날 거지만 오니가 보이는 거리까지 가까이 가도 괜찮은 거잖아?"

이타도리는 딱히 어려운 생각을 한 건 아니었다.

쉽게 이길 수 있을 것 같으니까. 혹은 폼을 잡으려고. 더 나아가서는 주술사로서의 사명이니, 뭐니 하는 그런 말조차 머리에 들어 있지 않았다.

그저 단순하게 생각했을 뿐이다.

"집에 돌아가지 못하는 건 슬프잖아."

단순한 생각으로 이타도리는 자진해서 남을 돕기로 했다.

카이리를 따라, 놀이터를 벗어나 걸어가기를 십여 분.

신경을 가능한 한 다른 곳으로 돌리기 위해서 부 활동 이야기나 좋아하는 영화 이야기, 만화 이야기 등, 이런저런 이야기를 늘어놓으며 밤바람 속을 나아갔다.

캄캄한 어둠에 휩싸인 길을 점점이 물들인 가로등 빛.

그중 하나가 어느 집의 문 앞을 밝히고 있었다. 어둠에 녹아들 것만 같은 감색의 삼각 지붕을 하고 있는 평범한 집.

그 집이 선명하게 보이기 시작한 무렵, 카이리가 우뚝 발을 멈췄다.

"——있어요."

바짝 마른 목을 간신히 움직여 짜낸 목소리.

움직이지 않는 그의 다리는 본능적인 긴장에 지배당하고 있었다.

카이리의 뒤를 따라 걸어온 이타도리는 그때 처음으로 그 아이의 앞으로 나섰다. 어둠 속에 빛이 비추고 있는 그 문 앞을 눈을 부릅뜨고 보았다.

문기둥의 그늘 뒤에서 느릿느릿 걸어 오는 그림자가 있었다.

사람 크기는 아니다. 동물의 사랑스러움도 없다.

존재로서 메울 수 없는 격차. 겉모습에서 흘러나오는 비틀림. 영혼의 밑바닥에서 솟구치는 혐오감.

그것은 그야말로 저주였다.

「으어어어어어어어어어어어어어어어어어엄므아아아아아아아아아아아아아아.」

사람을 기준으로 한다면, 눈이 있어야 할 위치에 입이 두 개.

깎여나간 듯한 코. 귀는 없으며, 본래의 입은 꿰매어져 있다.

근육 조직이 그대로 노출된 듯한 몸은 다리가 짧고 몸통은 작았으며 길고 두꺼운 팔 끝에 달린 주먹은 극단적으로 컸다.

그리고 관자놀이에는 혈관을 뭉쳐놓은 듯한 이질적인 돌기가 두 개 돋아나 오니의 뿔이 연상되는 실루엣을 그리고 있었다.

아하. 이러니, '오니'로 보일 수밖에.

이질적인 두 개의 입을 까득까득 갈며, 오니가 위협하듯이 울었다.

「이제에에에에에에에에에에에 다아아 됐냐아아아아아아아아아아아아아.」

"……이타도리 형……."

겁먹은 듯이 카이리의 목소리가 떨렸다.

이타도리는 그것을 다독이고자 오니와 카이리 사이를 가로막으며 천천히 손을 펼쳤다.

"안심해. 어떻게든 해줄게."

이타도리의 목소리는 차분했다.

이 주령, '오니'는 그 이름에 비해서 그리 강한 저주가 아니다. 높게 쳐도 3급. 내버려둬도 괜찮다는 생각은 들지 않지만 이타도리가 감당하지 못할 정도는 아니다.

가능한 한 원활하게 퇴치하자. 이타도리는 그렇게 결심했다.

여유 있는 척하고 싶은 건 아니다. 저주를 얕본 것도 아니다.

그저 마음을 놓게 해주고 싶었다.

지금 느끼는 공포 따위는 털어내고, 안심하며 집에 돌아가게 하고 싶다. 이타도리의 마음은 그뿐이었다.

"물러나 있어, 카이리."

이타도리가 주먹을 쥐자, 오니 역시 임전 상태에 들어갔다.

짧은 다리를 굽혔다, 폈다 하면서 두 팔을 위아래로 크게 흔들고, 스쿼트를 하는 동작으로 반동을 주어 높이, 높이 뛰어올랐다. 이형의 실루엣이 달빛을 가로막았다.

「이제에에에에에에에에에에에 다아아 됐냐아아아아아아아아아아아아아.」

낙하하는 기세를 그대로 살려, 오니가 두 손을 망치처럼 휘둘렀다. 단순한 움직임. 이타도리는 가벼운 사이드스텝으로 그것을 피했다.

체구는 작지만, 팔의 길이는 우습게 볼 수 없다. 오니는 호를 그리며 가로로 팔을 휘둘렀다. 이타도리는 당황하지 않고 한 걸음 물러나 간격을 벌렸다.

「이제에에에에에에에에에에에 다아아 됐냐아아아아아아아아아아아아아.」

안달이 났는지, 오니가 스트레이트로 주먹을 날렸다.

"이제 됐, 다앗!"

그 단조로운 공격을 기회로 보고, 이타도리는 몸을 비틀며 손을 크게 치켜들었다. 오니의 주먹을 피해 간격 안쪽으로 뛰어들어가자, 반대로 이타도리의 주먹이 오니를 포착했다.

——경정권(逕庭拳).

관통할 듯이 날아온 주먹 공격에 오니의 작은 몸이 공중에 떠올랐다.

「어어어어어어어어어어어엄, ————아아바.」

한 박자 늦게 터지는 주력의 두 번째 임팩트.

공중에서 보이지 않는 포탄에 꿰뚫리기라도 한 듯, 오니가 튕겨 날아가며 파열했다.

주택가에서 펼쳐진 공방전은 어이가 없을 만큼 간단히 막을 내렸다.

"좋아, 하나 해결."

"엇. 저기, 어떻게 된 건가요……?"

"해치웠어. 이제 집에 가도 돼."

"…………."

활짝 웃는 이타도리를 보고, 카이리는 잠시 눈을 깜빡였다.

당혹스러워하는 기색은 있었지만 밤의 정적이 몇 초 지배하고 지나간 뒤, 깊게 고개를 숙였다.

"…………감사합니다."

아직 목소리에 혼란이 남아 있었지만 그래도 카이리는 감사 인사를 하고 이타도리에게 몇 번이나 고개를 숙인 뒤 집에 들어갔다.

이타도리는 웃는 얼굴로 그 모습을 지켜보고 나서, 조금 긴 밤 산책을 마치고 드디어 귀갓길에 올랐다.

헤어질 때, 카이리의 얼굴에 떠오른 표정이 놀이터에서 혼자 있을 때와 다를 게 없던 것이 이타도리의 마음에 아주 조금 걸렸다.

며칠이 흐른 뒤, 이타도리는 다시 밤거리를 걷고 있었다.

단순한 산책은 재미없지만 혼자이기에 존재하는 편안함을 즐길 수 있다. 밖으로 나올 때마다 루트를 바꾸며 돌아다니다, 이타도리는 문득 그 주택가를 다시 방문했다.

──그러고 보니, 그때만 작은 사건이 있었지.

그렇게 기억을 되짚으며 걸은 탓인지, 이타도리의 발은 자연스럽게 며칠 전과 같은 길을 골라 걷고 있었다.

그때와 마찬가지로 모퉁이를 꺾고, 그때와 마찬가지로 길을 걸어갔다.

그때와 마찬가지로, 이타도리는 그 놀이터에 들렀다.
그리고——눈을 의심했다.
"…………카이리?"
그네에 걸터앉아 홀로 축 늘어져 있는 소년의 모습.
그날 밤과 똑같이 가라앉은 얼굴로 카이리는 밤이 깊은 놀이터에서 홀로 가로등을 바라보고 있었다.
"아…… 이타도리 형."
"무슨 일이야? 그 오니는 이제 없잖아."
"…………."
카이리는 말없이 면목이 없다는 얼굴을 했다.
고작 그것만으로도 이타도리의 가슴이 수선스러워지기엔 충분했다.
"설마……!"
뛰쳐나갈 듯한 기세로 이타도리는 놀이터에서 달려 나갔다.
이번엔 카이리를 그대로 두고 주택가 길을 뛰었다.
팔을 크게 휘둘러 밤의 어둠을 가르고 아스팔트를 찼다. 차가운 밤공기가 폐를 갉아먹으며 가슴에 희미한 통증을 주었다.
심장의 고동이 빠른 것은 운동을 했기 때문만은 아니다. 조여오는 불안이 경종이 되어 달려가는 이타도리를 몰아세웠다.
달려, 달려. 가능한 한 서둘러.

그리고 그 집 앞에 도착했다.

그곳엔──.

"──말도 안 돼."

그날과 같은 오니가 있었다.

그날과 같은 모습으로, 그날과 같은 저주가 있었다.

애초에 두 마리였나? 라는 의문은 금세 사라졌다. 외모가 똑같은 개별체라고는 생각할 수 없다. 생김새부터 시작해서 대치했을 때 느껴지는 기운까지 조금도 다르지 않았다. 그것은 그날의 그 오니였다.

「으어어어어어어어어어어어어어어어어어어어어엄므아아아아아아아아아아아아아.」

"큭."

이타도리가 자신을 '보고 있다'는 걸 깨닫자마자, 며칠 전 일을 재현하기라도 하는 것처럼 오니가 하늘 높이 뛰어올라 이타도리를 향해 주먹을 휘둘렀다.

"이, 자식!"

그것을 반사적으로 피하고, 이타도리는 즉시 반격에 나서며 경정권을 날렸다.

「어어어어어엄──어어어어어어어어어!」

전투 시의 간격도, 오니의 공격에서 생기는 빈틈도 이미 몸이 기억하고 있었다. 공격은 간단히 명중했고, 오니의 몸은 주력의 충격에 튕겨 날아갔다.

불길할 만큼 맥없이 그 오니는 다시 퇴치당했다.

"…………."

오니를 쓰러뜨린 이타도리는 주먹을 쥐었다가 다시 폈다. 그것을 반복하며 손을 들여다보았다.

확실한 느낌이 왔다. 확실히 처리했다. 확실히 퇴치했다.

그러나 그것은 그날 밤, 오니와 대치했을 때 느낀 것과 같은 것이었다.

그날 밤도 분명히 퇴치했다. 확실히 죽였다고 생각했다.

——그럼, 방금 싸운 오니는 뭐였단 말인가?

"무리하지 마세요, 이타도리 형."

갑자기 들려온 목소리에 이타도리는 뒤를 돌아보았다. 거울을 보지 않아도 자신의 얼굴이 당혹감으로 일그러져 있다는 걸 알 수 있었다.

"……카이리."

"소용없을 거예요, 아마."

당혹감을 떨쳐내지 못하는 이타도리의 목소리와는 대조적으로 카이리의 목소리는 차분했다.

그것은 어딘가 나이에 맞지 않는 피로감과 포기가 담긴 울림이었다.

“이타도리 형이 엄청나게 강하다는 건 알겠지만…… 아마 저 오니는 몇 번이든 다시 나타날 거예요. 그냥 감이지만 그럴 것 같아요.”

“그게 무슨 말이야?”

카이리는 그렇게 말하며, 집의 지붕을 올려다보았다. 이타도리도 그 시선을 좇아서 지붕을 보고는 눈을 크게 떴다.

“저 오니는 아마 이 집을 지키고 있는 걸 거예요.”

“………….”

“그러니까 분명, 몇 번이든 이곳에 나타날 거예요. 악당을 쫓아내기 위해서 말이죠.”

카이리의 말을 들으면서도 이타도리의 사고는 그것을 받아들이지 못했다. 커져만 가는 혼란에 머리가 지배당해, 크게 뜨인 눈이 감기지 않았다.

설명할 수 없는 것이 눈앞에 있다.

지붕 위. 달을 등지고 있는 익숙한 실루엣.

그 오니는 다시 이타도리의 앞에 나타났다.

"——그런 일이 있었거든요?"

"그렇군."

다음 날, 이타도리는 고죠에게 '오니'에 대해 이야기했다.

이타도리의 생존 발표는 '교토 자매 학교 교류회'에서 하기로 결정되어 지금은 고죠가 준비한 집에서 편안한 은거 생활을 보내고 있다.

선글라스를 쓰고 스웨트를 입은, 마음 편한 홈웨어 모드인 고죠는 지방의 관광 잡지를 팔락팔락 넘기며 이타도리의 이야기를 들었다.

"그래서?"

"그래서라뇨. 부활하는 저주라니 아무래도 감당이 안 돼요. 고죠 선생님도 같이 가주시는 게 낫지 않을까요?"

"내가 바빠서 말이지이."

"전혀 안 바빠 보이는데."

두 손에 잡지를 들고 다리를 까딱까딱 흔들며 소파에서 뒹굴거리고 있다. 심지어 찹쌀떡을 우물우물하고 있기까지 한 고죠. 이타도리는 눈살을 찌푸리면서 그 모습을 내려다보았다.

"그럼, 나나밍에게 부탁을 해서."

"1급 주술사를 고객 센터처럼 이용하면 안 돼."

"하지만——."

"네가 간단히 이길 수 있는 상대잖아? 이야기를 들으면서 느낀 인상도, 그 주령이 3급을 넘는 실력을 가졌을 거라는 생각은 안 들어. 굳이 나한테 기댈 필요는 없지 않나?"

"퇴치해도 퇴치해도 계속 튀어나온다니까요? ……지금은 아무런 피해도 없지만 내버려뒀다가 돌이킬 수 없는 일이라도 벌어지면……."

"더 이상 튀어나오지 않을 때까지, 네가 퇴치하면 되잖아."

"그러니까 그게 가능하면, 고생은──."

"유지."

고죠는 잡지를 보던 얼굴을 들어, 선글라스 안쪽의 시선만으로 이타도리를 보았다. 그곳에 평소와 같은 경박한 미소는 없었다.

"사람이 사람을 돕지 못하는 가장 큰 이유가 뭐라고 생각해?"

순간, 이타도리는 움직임을 멈췄다.

뱃속 깊은 곳에서 분출하듯 튀어나온 수많은 기억이 순식간에 머리를 가득 채웠다. 시야가 깜빡깜빡 점멸할 만큼 무수한 광경이 뇌리를 스쳤다.

일그러진 인간. 일그러져버린 인간. 구하지 못한, 모자.

아무것도 하지 못한, 자신.

"……약하니까."

대답하면서 이타도리는 애처로울 만큼 미간을 일그러뜨렸다.

고죠는 작게 한숨을 쉬고 소파에서 몸을 일으켰다.

"그것도 있지. 하지만 힘이 강하고 약하고가 전부는 아냐."

그렇게 말하고서 몸을 일으켜 고개를 숙이고 있는 이타도리에게 가까이 다가갔다.

얼마 전에 영화관에서의 일, 그리고 사토자쿠라 고등학교에서 벌어졌던 사건에 대해 고죠는 보고를 통해서만 들었다.

그러나 그곳에서 벌어진 처참한 사건과 이타도리가 직면했던 현실이 그의 마음을 얼마나 괴롭혔을지는 상상이 된다. 이타도리가 아직 그것을 질질 끌고 있다는 것도.

몸과 마음 모두에 주술사의 소양이 있든 없든, 특이 체질이든 아니든, 이타도리는 아직 주술 세계에 발을 들여놓은 지 얼마 되지 않은 십 대 소년이다.

주력과 체력은 단련할 수 있지만 마음은 간단하지 않다.

그래도――고죠는 이타도리가 꺾인 채로 있게 하고 싶지 않았다.

"이 세계엔 비극이 비극인 채로 끝나는 일이 너무나도 많아. 사실은 구할 수 있었을 지도 모르는 일도 마찬가지지. 하지만 정말로 무서운 건 힘이 미치지 않는 것도, 달려가는 게 너무

늦는 것도 아냐."

시선을 마주치지 않고 이타도리의 옆을 지나가며, 고죠는 다정함이 느껴지는 힘을 담아, 그 머리를 가볍게 톡 쓰다듬었다.

그리고 부드럽고도 엄격한 말을 건넸다.

"바로 자신에게 도울 힘이 있다는 걸 잊어버리는 것이지."

"———."

그 말에 이타도리는 퍼뜩 고개를 들었다.

'나아갈 방향이 확실해졌다'고까지는 하기 어렵다. 그래도 그 말에는 자신이 본래 서 있는 곳을 다시 바라보게 할 정도의 힘은 담겨 있었다.

이타도리의 모습을 보고, 고죠는 만족스럽게 입가를 끌어올렸다.

"내렇게 된 김에 한 번 더 복습하게 해주지. 저주가 생겨나는 가장 큰 원인이 뭐인 것 같아?"

"저기…… 인간의, 안 좋은 감정?"

"그럼, 답은 나와 있잖아? 싸워서 퇴치하는 것만이 전부가 아니라는 거야."

"아, 그렇구나."

"뭐든 있는 그대로 받아들여서 정답에 빨리 도달하는 게 네 장점이지."

고죠의 미소가 마지막으로 등을 밀어주었다.

맑아진 머리는 몸까지 가볍게 했다. 이타도리는 이미 움직이고 있었다.

"선생님, 잠깐 다녀올게요!"

그렇게 말하고 곧장 밝은 거리로 뛰쳐나가는 이타도리.

고죠는 문을 향해서 뛰어가는 등을 배웅한 뒤에 다시 소파에 걸터앉았다. 덮어버린 잡지는 몇 페이지까지 읽었는지 잊어버렸다.

"넘어진 아이에게 손을 내밀어주는 건 쉬운 일이지만 혼자 일어서는 방법을 가르쳐주는 게 바로 교사가 할 일이지……. 하지만 그게 그렇게 간단하지는 않단 말이야."

이타도리의 올곧은 면은 스쿠나의 그릇이란 것보다 분명 더 큰 재능이리라.

그런 만큼, 트라우마는 무엇보다 무서운 저주가 될 수 있다. 그리고 그것은 성가시게도 자신의 마음과 마주하는 것으로밖에 풀 수 없는 저주다.

마음의 지지대가 되어주는 것보다 마음가짐을 가르쳐주는 것. 그것이 바로 학생을 기른다는 것이다.

"정말이지, 주술을 가르치는 것보다 훨씬 힘들다니까."

말과는 달리 미소를 지으며 고죠는 남은 찹쌀떡을 깨물었다.

길은 완전히 기억했다.

아직 해가 저물지 않은 시간대였기에 거리의 공기는 평소와 달랐다. 속도는 느리지만 차들이 오갔으며, 쓰레기를 내다 놓으러 나온 사람, 장을 보러 가는 사람, 그리고 주부 모임에 나가는 사람들도 몇 명 눈에 띄었다.

마침 타이밍이 좋았다.

미나토 카이리의 집 앞에서 이타도리는 아이의 엄마로 보이는 인물과 마주쳤다.

"——카이리의 친구니?"

"네. 뭐, 비슷해요. 나이는 조금 차이가 있지만요."

다정해 보이는 여자였다.

나이는 마흔을 넘었을까? 언뜻 본 인상은 더 젊어 보였었다. 고등학생인 이타도리를 보고, '친구'인지를 물어보는 걸 봐도 좋은 사람이란 것이 느껴졌다.

카이리에 비해 여성은 저주에 고통받고 있다는 심각함이 없었다. 오니가 나오는 집에서 살고 있다는 자각 따위는 없는 것이리라.

카이리의 이야기를 꺼내자, 그것만으로도 기쁜 얼굴을 했다. 그 모습만 봐도, 다정한 마음씨와 카이리에 대한 애정이 전해졌다.

그렇기에 이타도리는 그것을 묻는 것이 조금 가슴 아팠다.

"카이리가 집에 돌아오지 않나요?"

"……아."

마음속 어딘가에선 그 화제를 각오하고 있던 걸까?

여자는 슬픈 듯 미간을 모았지만 태도는 차분했다.

"집에 돌아오긴 해. 하지만 부끄럽게도 우리 부부는 그 아이가 언제 돌아오는지 잘 모른단다. 우리가 잠든 뒤에야 몰래 집에 들어오는 것 같으니까……. 불을 일찍 끄게 된 뒤로는 10시 전에 돌아와주고 있긴 한데……."

"그래도 위험하잖아요. 그 녀석, 아직 중학생 정도 아닌가요?"

"그렇지, 응……. 네 말이 맞아. 찾으러 가서 강제로라도 데리고 돌아와야 한다고 생각한 적도 있기는 하지만……. 너무하지? 나, 엄마라고 말할 자격이 없어."

"그런 말까진 하지 않았는데요."

여자의 표정은 옆에서 보고 있는 이타도리까지 괴로워질 만큼 슬퍼 보였다.

카이리의 밤 산책을 방치하고 있는 것에 대해 부모로서 문제가 있는 건 아닌가 생각했던 건 확실한 듯하다. 하지만 그런 건 이타도리가 말하지 않아도 스스로 책망해왔을 것이다. 그걸 알 수 있을 만큼, 여자의 눈에는 슬픔과 피로가 배어 나와 있었다.

——절대 이 사람을 괴롭히러 온 것이 아니다.

이타도리는 자신이 서 있는 위치와 목적을 다시 되돌아봤다.

"저기, 조금 이상한 질문이지만…… '오니'란 것에 대해 짐작 가는 게 있으세요?"

"오니?"

순간, 여자는 깜짝 놀란 얼굴을 했다. 그러나 그것은 이타도리가 상상했던 만큼의 당혹스러움이 아니었다. 오히려 이 화제는 뜻밖일 만큼, 매끄럽게 핵심으로 이어졌다.

"혹시 카이리에게 들었니?"

"음, 네."

"……오니는 그 아이의 할머니가 들려준 옛날이야기라고 할까, 벌 같은 거야. 나쁜 아이에겐 오니가 찾아온다, 라는 거지. *나마하게 같은 거라고 할까?"

"아, 그 다이내믹한 할머니요?"

"맞아, 맞아. 그 아이, 역시 할머니 이야기를 했구나."

*나마하게: 일본 아키타 현의 전설 속 존재. 오니와 비슷하게 생긴 가면을 쓰고 있으며, 우는 아이를 찾아다닌다.

흐뭇함과 쓸쓸함이 뒤섞인 얼굴로 여자는 웃었다. 이타도리는 그 슬픔 웃음이 걸렸다.

"카이리가 할머니를 그렇게나 좋아했어요?"

"응…… 그렇지. 그 아이에게는 거의 부모님 대신이었는걸. 그런 할머니가 돌아가신 뒤로, 그 아이가 너무 괴로워 보여서……."

"부모님 대신이요?"

"응. 그 아이의 부모님은 그 아이가 태어난 뒤에 바로 사고로 돌아가셨거든."

"잠깐만요. 그럼, 아주머니는——."

해가 기울어감에 따라 싸늘한 공기가 맑아져갔다.

대신, 달이 얼굴을 내밀고 거리는 서서히 어둠 속에 녹아들어 인공 조명이 반짝반짝 빛나기 시작했다. 세계가 하늘부터 채색되어가는 것처럼 풍경의 색이 변해간다.

점점이 길을 밝힌 가로등을 지나치며 이타도리는 밤거리를 걸었다.

이날 밤의 달은 평소보다 밝아 보였다.

이 세계에는 저주가 있다.

그림자조차 집어삼키는 밤의 어둠처럼 사람들의 생활 속에 흘러넘치고 있다.

태양 빛처럼 그 모든 것을 퇴치하는 건 불가능하다. 은은하게 비춰주는 달빛조차 지금의 이타도리에겐 너무나도 멀다.

그래도 한 명 정도는.

앞길을 비추는 가로등의 빛 정도는 될 수 있을지도 모른다.

“카이리.”

카이리는 역시 그곳에 있었다.

평소와 같은 시간, 평소와 같은 놀이터.

낡은 줄을 삐걱거리며, 조용히 그네를 타고 있었다.

“이타도리 형……. 안녕하세요.”

“그래.”

인사를 대충 넘기고 이타도리는 카이리의 옆자리, 낡은 그네에 걸터앉았다.

밤의 기온에 차게 식은 놀이기구에 닿자, 냉기가 뼛속까지 스며들었다. 그것을 느끼며 바라보는 놀이터의 풍경은 무척 쓸쓸했다.

잠시 풀더미에서 들려오는 벌레들의 울음소리와 흔들리는 그네의 소리만이 놀이터에 울려 퍼졌다.

이타도리도 카이리도 서로가 아닌, 정면에 시선을 두고 흔들흔들 그네를 탔다. 이야기를 시작할 타이밍을 가늠하는 메트로놈의 리듬 같았다.

"오니는 아직 그 집에 있지?"

그네가 몇 번 왕복한 뒤, 이타도리가 말을 꺼냈다.

카이리는 이타도리 쪽을 보지도 않고 고개를 끄덕였다.

"아마 그 집에 계속 있을 거라고 생각해요."

카이리의 목소리는 조용했지만 강한 완고함이 있었다.

자신의 변함없는 현실을 재차 확인하는 듯한 낮은 목소리. 이타도리는 그것을 들으며 한 번씩 깜빡이는 가로등을 올려다보았다.

"오니에 대해 가르쳐준 건 할머니셨다면서?"

"……누구한테 들었어요?"

"너희 엄마."

이타도리는 망설임 없이 그 호칭을 택했다.

카이리의 표정은 뭐라 하기 힘든 것이었다. 벌레 씹은 표정이라고도, 상처를 후벼 파인 표정이라고도 할 수 있었다. 어느 쪽이든, 건드리길 원하는 화제는 아닌 듯했다.

그래도 이타도리는 계속해서 말했다.

"엄마라고 부르기 싫은 거면 미안."

"……이러시는 걸 보니까, 들었나보죠? 진짜 부모님이 아니라는 걸 말이에요."

"조금 더 빨리 알아차렸어야 했어. 그 집의 문패는 미나토가 아니라, 오카자키였으니까."

"……숨길 생각은 없었어요. 그냥 지금 이름이 익숙해지지 않아서 자꾸 전에 쓰던 성이 나와버리거든요."

"그렇구나. 그렇겠지."

어딘가 어색한 카이리의 목소리는 마치 혼나고 있는 어린아이 같았다. 반면, 이타도리의 목소리는 가볍고 평온했다.

"나쁜 아이에겐 오니가 찾아온다. 이거, 할머니가 가르쳐준 거지?"

"네."

"넌 그 오니가 왜 나타난 거라고 생각해?"

"그건……."

음절 사이에 몇 초의 공백이 생겼다.

대답이 막혀서는 아닐 것이다. 오히려 답이 명확하기에 그것을 입에 담을 용기를 필요로 하고 있었다.

이윽고 카이리는 표정을 감추듯이 고개를 숙이고 이어서 말했다.

"제가, 나쁜 아이니까."

"……어째서?"

"오카자키 아저씨도, 아줌마도, 저랑은 피가 이어지지 않았어요. 이웃이라서 할머니랑 저랑도 친하게 지냈지만…… 할머니가 돌아가신 뒤에, 저, 친척이 아무도 없어서……. 그런데 아저씨랑 아줌마가 받아주셨어요……. 하지만…… 저, 사실은 그 집에 있으면 안 된다고 생각해요."

"있고 싶지 않은 건 아니고?"

"제가 가족이 아니니까, 그분들이 제 눈치를 보는 것 같아서요……. 밥도 주시고 학교에도 보내주시지만…… 민폐가 아닌가 싶어, 무서워서……."

"그렇구나."

이타도리는 카이리의 말을 머릿속에서 굴리며, 잠시 틈을 두었다.

생각을 정리한다기보다는 각오를 다지기 위한 시간이 몇 초 흐른 뒤, 깊게 호흡하고 이타도리는 입을 열었다.

"그 오니는 네가 건 저주야."

이타도리는 이때 처음으로 카이리를 똑바로 보았다.

"그러니까 네가 건 저주는 네가 풀 수밖에 없어."

"……제가요? 아뇨, 불가능해요. 게다가 제가 저주를 걸었다니, 무슨 말인지도 모르겠고요."

"엄마랑 아빠가 위험해도?"

그네가 흔들리는 소리가 멈췄다.

카이리의 떨리는 시선이 이타도리와 마주쳤다. 그 눈은 오니를 보고 있을 때보다 훨씬 더 공포에 젖어 있었다.

"무슨 뜻이에요?"

"그 오니, 계속 집 옆에 있잖아. 그 집 사람들이 공격받을 거란 생각은 안 해봤어?"

"말도 안 돼요! 왜냐면, 그 오니는 절 위협할 뿐이고——."

"하지만 난 공격했지. 돌이킬 수 없는 사태로는 절대 번지지 않을 거라고 장담할 수 있어? ……그 집 사람들, 사실은 좋아하잖아."

"……그건……."

"그건 네 공포가 만들어낸 저주야. 내 생각이 전부 단순한 오지랖이어도 상관없어. 하지만…… 만약, 만약 네가 사실은 그 집으로 돌아가고 싶은 거라면 힘을 빌려줘. 네가 돌아갈 곳이 사라져버리기 전에."

그네에서 내려와 이타도리는 카이리의 정면에 섰다.

등 뒤로 스포트라이트 같은 가로등 빛을 받으며 이타도리는 손을 내밀었다.

"한심하지만 그 오니는 아마 나 혼자서는 쓰러뜨리지 못 할 거야."

"…………."

시곗바늘이 마침 밤 9시 반을 가리킨 무렵.

앞으로 내민 이타도리의 커다란 손을 잡고 카이리는 그네에서 몸을 일으켰다.

집까지는 뛰어서 돌아갔다.

카이리의 가슴에 이타도리의 말이 걸려서 떨어지지 않았다.

――그 집 사람들이 공격받을 거란 생각은 안 해봤어?――그 말이 가슴 속에서 몇 번이고 메아리쳤고, 정신을 차리고 보니 카이리 쪽이 먼저 뛰기 시작했다.

차가운 공기에 연달아 기침이 나오고, 심장이 빠르게 경종을 울렸다.

어두운 밤길에 수많은 불안이 스치고 지나갔다. 이타도리를 덮치던 오니의 모습과 자신을 받아준 가족의 얼굴이 뇌리에서 번갈아 휘몰아쳤다.

몇 번인가 모퉁이를 돌아 눈에 익은 골목으로 뛰어갔다.

여기서부터는 똑바로 달려가면 목적지인 집에 도착한다.

그러나──.

"이, 이타도리 형……."

"말도 안 돼. 더 커졌잖아."

집과 가깝지 않은데도 모습이 선명히 보였다.

「이제에에에에에에에에에에에 다아아 됐냐아아아아아아아아아아아아아아.」

비치볼 크기였던 오니의 몸은 이제 봉고차 정도의 크기까지 비대해져 있었다.

굵고 커다란 두 팔은 길을 막듯이 펼치고, 눈동자가 없는 그 얼굴은 두 개의 입을 까득까득 갈며 위협하듯 이를 드러냈다.

이타도리는 왠지 이유를 알 것 같았다. 이 저주를 만들어낸 것이 카이리라면 그 공포에 비례해 저주는 강대해질 것이다.

집으로 돌아간다는 명제와 마주하게 된 카이리의 부풀어 오른 공포.

그것이 저주를 한층 강하게 만들고 있다.

"여, 역시 무리예요! 전 못 해요!"

도망치려고 몸을 돌리는 카이리를 이타도리는 잡지 않았다.

그저 등 너머로, 그 등을 향해 말했다.

"그걸로 괜찮겠어?"

"그치만, 그치만!"

“겁먹고, 도망치고, 그러는 사이에 정말로 돌아갈 장소가 사라져도 그래도 괜찮은 거야?!”

“——!”

카이리는 도망치던 발을 멈추고서 주뼛주뼛 길 끝을 바라보았다.

그곳엔 여전히 거대하고 추악한 오니의 모습이 있었다. 몸속 깊은 바닥에서 솟구치는 공포가 ‘도망쳐, 도망쳐’ 하고 끊임없이 외쳐댄다.

그러나 다음 순간 눈에 들어온 광경이 카이리의 생각을 날려버렸다.

“카이리!”

오니가 팔로 가로막고 있는 건너편에 한 여자가 있었다.

그저 우연히 문득 산책을 나선 것인지도 모른다. 어쩌면 우연히 이타도리와의 만남으로 인해 생긴 심경의 변화로 카이리를 데리러 가기 위해 집을 나선 것인지도 모른다.

어쨌든 지금, 그곳에 있다는 사실만은 확실했다.

그녀가 오니의 옆에 서 있다는 것.

그리고 오니의 관심이 이타도리와 카이리에게서 그 여자에게로 넘어갔다는 것도.

"엄마!"

생각할 틈이 전혀 없었다.
카이리는 튀어 오르듯이 달려갔다.
도망치기 위해서가 아니다. 그 발은 똑바로, 집이 있는 방향을 향했다.
'엄마'라고 부른 그 사람을 향해, 달리고 있었다.
「이제에에에에에에에에에에 다아아 됐냐아아아아아아아아아아아아아아.」
여자 쪽으로 향하던 오니의 시선이 다시 카이리를 포착했다.
정면에서 대치하는 저주의 압박감은 일반인에겐 악몽이나 마찬가지다.
그래도 카이리는 멈추지 않았다.
마주하고 선 오니의 공포보다 엄마라 부를 수 있는 사람을 잃는 것이 무엇보다도 무섭다.
기세를 실은 다리가 대지를 걷어차며 속도를 올렸다.
주변을 가득 채운 어둠을 떨치듯, 귀갓길을 달려나갔다.
그리고——.

「이제에에에에에에에에에에에에 다아아 됐냐아아아아아아아아아아아아아아.」
“그래——이제 괜찮은 것 같네.”
바람보다 빠른 그림자가 카이리를 추월했다.
그리고 주력을 담은 오른팔을 높게 치켜들었다.
이번엔 ‘공격을 피한 다음’ 같이, 느긋한 소리는 할 수 없다.
최고 속도로, 최단 거리로, 아스팔트를 강하게 내디디며.
눈부신 달 아래, 이타도리가 뛰어올랐다.

“————경정권.”

속도가 담긴 주먹이 오니의 얼굴을 쳤다.
통나무처럼 비대화한 오니의 팔은 호를 그리며 허공을 후려쳤지만 이타도리를 공격하기엔 이미 늦은 뒤였다.
「이제에에 다아아, 됐.」
주력이 오니의 몸을 꿰뚫었다.
거대한 몸체를 생각하면 뜻밖일 만큼, 그 몸은 맥없이 튕겨 날아갔다. 뭐랄까, 마치 터진 풍선처럼 쭈그러들며 날아갔다.
길을 막고 있던 저주의 벽은 주술사의 일격으로 인해 떨어져 나갔다.

악몽 같은 밤은 이로써 끝이 났다.

가로막는 것이 없어진 길에서 모자는 간신히 재회했다.

"엄마……! 엄마, 엄마……!"

"카이리……. 미안, 외로웠지……?"

지금까지의 시간을 되찾기라도 하듯, 카이리는 계속해서 '엄마'를 불렀다.

모든 응어리가 풀렸다고는 할 수 없을지도 모른다.

하지만 최소한, 앞으로 카이리가 놀이터에서 시간을 보낼 일은 없을 것이다.

"정말 감사합니다, 이타도리 형."

"됐어. 아빠랑도 사이좋게 잘 지내라."

몇 분인지, 몇십 분인지.

길가에서의 공방 뒤, 카이리는 이타도리에게 몇 번이나 거듭 고개를 숙인 뒤에야, 간신히 집에 들어갔다.

이번엔 혼자가 아니라, 엄마와 함께.

그 뒷모습에 이타도리는 가슴이 먹먹해지는 듯한, 혹은 울고 싶은 듯한 기분을 느꼈지만…… 지금은 우선 구할 수 있었던 사람의 뒷모습을 배웅했다.
모자의 모습이 사라진 뒤에 문득 길가로 시선을 돌리자, 비치볼 크기의 무언가가 나뒹굴고 있었다.
"이 녀석……."
이타도리는 순간적으로 했던 경계를 즉시 풀었다.
이미 빈사 상태인 그 오니가 눈이 없는 얼굴로 이타도리 쪽을 보았다.
꿰매어진 입술에서 실밥이 조금씩 풀리며 입이 벌어졌다.

"카이리는 집으로 잘 돌아갔어."
이타도리가 말을 건네자, 오니는 어깨를 움찔 떨었다.
그리고는 입밖에 없는 그 얼굴로 씨익 하고 만면의 미소를 띠운 뒤에 사라졌다.
싸움의 소란함, 엇갈렸던 모자, 오니의 모습까지 전부 사라지자, 그 길은 진정한 의미로 밤의 고요함에 휩싸였다.
"…………혹시 카이리의 할머니였던 걸까?"
확신은 없다.
하지만 만약 그렇다면 정말 다이내믹한 할머니였구나 싶다.
그리고 그 이상으로 카이리를 사랑했구나, 걱정했구나 싶다.
"나도 할아버지에게 너무 걱정을 끼치지 말아야지."

싸우는 이유는 스스로 정했다.

하지만 유언을 잊은 것은 아니다.

이 손으로 도울 수 있는 누군가는 분명 더 있을 것이다. 멈춰서 있을 여유 따윈 없다.

그렇게 생각하자 이타도리는 자연스레 밤길을 걷고 있었다.

"아, 할아버지만은 아닌가."

이타도리가 떠올리고 있는 것은 한 번 죽었던 그날의 일.

후시구로는 어떤 마음이었을까?

쿠기사키는 슬퍼했을까?

당연히 좋은 기분은 아니었을 것이다. 이타도리는 그것을 잘 안다.

"——나도 돌아가야지."

꼭 건강한 모습을 보여주자.

걱정할 것 없다며, 밝게 웃자.

앞으론 더 강해져서, 이 손을 훨씬 더 멀리까지 뻗자.

결의와 함께 이타도리의 다리는 귀갓길에 올랐다. 몇 갈래의 샛길을 빠져나와, 있어야 할 곳을 향해 나아간다.

길고 긴 이타도리의 산책은 그렇게 드디어 끝을 맞이했다.

주술회전 呪術廻戦

떠나가는 여름과 돌아오는 가을

# 주술회전 呪術廻戦

-떠나가는 여름과 돌아오는 가을-

# 1


2021년 5월 25일 제1판 제1쇄 발행
2021년 8월 25일 제1판 제2쇄 발행

**저자** Gege Akutami, Ballad Kitaguni
**번역** 유유리

**발행인** 오태엽
**편집팀장** 이수춘
**편집담당** 안세연
**표지 디자인** Design Plus
**라이츠사업팀** 이은선, 조은지, 정선주
**출판영업팀** 안영배, 경주현, 김정훈
**제작담당** 박석주

**발행처** (주)서울미디어코믹스
**등록일** 2018년 3월 12일
**등록번호** 제2018-000021
**주소** 서울특별시 용산구 새창로 221-19
**전화** (02)799-9181(편집), (02)791-0752(영업)
**FAX** (02)799-9334(편집)

**인쇄처** | 코리아 피앤피